CHRONOLOGIE

MOLIÉRESQUE

PAR

GEORGES MONVAL

PARIS

Librairie E. Flammarion

M DCCC XCVII

CHRONOLOGIE

MOLIÉRESQUE

TIRAGE A PETIT NOMBRE

Il a été tiré en outre :

20 exemplaires sur papier du Japon, avec triple épreuve de la gravure (n°s 1 à 20).

25 exemplaires sur papier de Chine fort, avec double épreuve de la gravure (n°s 21 à 45).

25 exemplaires sur papier Whatman, avec double épreuve de la gravure (n°s 46 à 70).

70 exemplaires, numérotés.

MOLIÈRE

CHRONOLOGIE

MOLIÉRESQUE

PAR

GEORGES MONVAL

Portrait d'après Mignard

GRAVÉ A L'EAU - FORTE PAR CHAMPOLLION

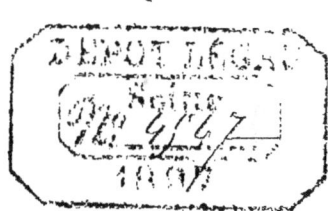

PARIS

LIBRAIRIE DES BIBLIOPHILES

E. FLAMMARION SUCCESSEUR

Rue Racine, 26, près de l'Odéon

M DCCC XCVII

INTRODUCTION

L'ÉDITEUR des Pièces Séparées de Molière dési-
rant clore la collection par un volume complé-
mentaire qui résumerait la vie de l'auteur, j'aurais
pu me borner à faire un abrégé de la magistrale
étude que M. Paul Mesnard a écrite en tête du Molière des GRANDS ÉCRIVAINS sous le titre beaucoup
trop modeste de « Notice biographique ».

J'ai préféré mettre à la disposition de mes con-
frères connus et inconnus un outil de travail que
chacun peut fabriquer pour son usage personnel,
mais qui n'existait pas encore en librairie.

Le petit livre que je présente aux moliéristes est
un simple essai, une esquisse, un aperçu du guide
volumineux qu'il faudrait à chacun de nous comme

répertoire usuel, vade-mecum et memento jour-
nalier.

Est-il bon ? est-il complet ? Tout ce que je puis
dire, c'est qu'il ne m'a pas été possible de faire
mieux en deux cents pages, et qu'en dépit de ses im-
perfections et de ses lacunes, il m'a rendu quelques
services et peut suggérer plus d'un rapprochement
inattendu.

J'espère d'ailleurs que mon tableau chronolo-
giq sera revu, contrôlé, émondé, simplifié et com-
plété par tous ceux qui voudront bien en reconnaître
l'utilité.

Tel qu'il est, il n'apprendra rien à ceux qui de-
puis vingt-cinq ans se sont tenus au courant des
recherches sur Molière : l'enquête, toujours ouverte,
n'apporte que très lentement des faits nouveaux et
des rectifications essentielles. Mais le seul groupe-
ment de dates voisines, le rappel de menus détails
oubliés peut avoir son importance, et l'index alpha-
bétique permettra de trouver immédiatement ce que
la mémoire n'est pas toujours prête à fournir au
travailleur, éloigné des bibliothèques spéciales.

Mon but était de reconstituer en quelque sorte le
Journal de Molière, que le grand homme n'a pas
eu la bonne pensée d'écrire et de nous léguer.

On ne sait rien ou presque rien de son enfance.
On ignore la date exacte de sa naissance. Combien
de jours ou de semaines avait-il quand il fut pré-

senté au baptême? Fut-il mis en nourrice ou élevé
chez ses parents? A quel âge et pour combien d'années entra-t-il au collège de Clermont? Quels y
furent ses professeurs, ses condisciples, ses succès?
En suivit-il les classes comme externe libre, ou fut-il
mis en pension chez quelque maître du quartier?
Figura-t-il dans les représentations théâtrales qui
s'y donnaient annuellement? A quelle date a-t-il
reçu les leçons de Gassendi? Où et quand a-t-il
pris ses licences en droit? Suivit-il quelque temps le
barreau? Que fit-il au voyage de Narbonne? As-
sista-t-il, à Lyon, à l'exécution de Cinq-Mars et de
Thou? A quel moment précis commença-t-il à jouer
la comédie? — Autant de points obscurs qu'on n'a
pu éclaircir jusqu'ici.

Le premier document connu sur l'Illustre-Théâtre est daté du 30 juin 1643; c'est un contrat de
société passé par devant notaires entre dix « enfants
de famille »; ce n'est pas l'acte de fondation. Si
l'on retrouvait ce dernier, nommerait-il le chef de la
troupe? On va voir que ce détail aurait quelque importance pour la solution d'un curieux problème qui
est ici soulevé pour la première fois.

Un témoin, qu'on n'a pas encore invoqué dans
les biographies de Molière, Jean du Ferrier, qui fut
vicaire-général de Narbonne, et mourut à la Bastille, nous apprend, dans ses Mémoires restés manuscrits, que le nouveau curé de Saint-Sulpice,

M. Olier, avait entrepris de purger sa paroisse (qui était celle de la foire Saint-Germain) des gens de mauvaise vie, bateleurs, charlatans et filles.

Un opérateur, qui montait sur le théâtre où il faisait représenter des farces pour attirer le peuple, tomba malade à l'extrémité et demanda un confesseur et les sacrements : on ne put les lui accorder qu'à la condition qu'il quitterait sa profession. Un jeune homme, qui était entré depuis un mois dans la troupe, renonça au théâtre en même temps que le malade.

Cette double conversion ayant fait quelque bruit, M. du Ferrier en parla le Dimanche suivant au prône de Saint-Sulpice, auquel se trouva le chef de la troupe des comédiens de M. le duc d'Orléans. Il se crut offensé de ce que le prédicateur donnait le nom de comédiens à des saltimbanques joueurs de farces, et vint en demander réparation à M. le Curé. M. Olier l'adressa à M. du Ferrier, qu'il ne reconnut pas pour celui dont il se plaignait :

« Après qu'il eut relevé sa profession au-dessus de celle des charlatans et des joueurs de marionnettes, il se trouva fort embarrassé sur la question du péché et du salut. Il voulut justifier la comédie de notre siècle où il n'y a rien d'impur, disoit-il. Je luy dis que l'Eglise défendoit d'en faire de dévotion et des histoires des Saints même dans les monastères. Il ne me persuada point, ni moy luy. En nous séparant, il m'offrit ses services avec de grands compliments. Je luy dis sérieusement qu'il pourroit m'obliger sensiblement

s'il vouloit. Il me protesta qu'il n'y avoit rien qu'il ne fît,
et me pressa de luy dire en quoy il me serviroit. Je luy dis
que ce seroit s'il vouloit me promettre de dire tous les jours
à genoux les Litanies de la très Sainte-Vierge. D'abord il me
le promit, et m'en donna sa parole, et il la tint. La Sacrée
Mère de Dieu luy fut si favorable qu'après l'avoir priée trois
jours, elle le convertit. Il quitta les comédiens qui se sépa-
rèrent, et vint m'apprendre cette bonne nouvelle et qu'il
s'estoit mis auprès de M. de Fontenay-Mareüil qui alloit
ambassadeur à Rome [1] ».

*Il est très fâcheux que M. du Ferrier n'ait pas dit
le nom de ce chef de la troupe de Monsieur : c'est à
ce titre et en cette qualité qu'en août 1645 Molière
avait été écroué au Grand Châtelet pour les dettes
de son théâtre. Mais M. de Fontenay-Mareuil ne
partit à Rome qu'au printemps de 1647. A cette
date, on n'a plus traces de la troupe ni de son chef:
depuis la fermeture du jeu de paume de la Croix
Noire jusqu'au séjour à Nantes, soit pendant deux
ans et demi, on ne trouve Molière nulle part d'une
manière certaine.*

*La troupe du duc d'Epernon paraît à Agen, à
Cadillac, à Bordeaux, à Toulouse, à Albi, à Carcassonne ; on y trouve Dufresne, Du Parc, Reveil-
lon, et d'autres ; mais Molière n'est jamais nommé
avant Nantes, où il est avec eux et les Béjart en
avril 1648.*

---

1. In-4° de 709 p. (Bibl. Ste-Geneviève) p. 195-197.

Est-ce à dire qu'il faille lui appliquer personnellement et réellement le vers de Chrysale :

Je connus feu son père **en mon voyage à Rome ?**

Il aurait, là, rencontré Mignard dix ans plus tôt que ne l'a dit l'abbé de Monville. Comment croire, d'ailleurs, que ni Félibien, ni Montreuil, ni l'abbé Arnauld, ni M. de Fontenay-Mareuil, ni M. de Modène, ni Saint-Yon, ni M. du Ferrier lui-même n'auraient pris soin de nommer dans leurs Mémoires l'auteur du MISANTROPE *s'il avait séjourné dans la ville éternelle?*

Quel était donc ce comédien, temporairement converti? c'est ce que nous apprendront peut-être les archives des Affaires étrangères si elles ont conservé un état du personnel de l'ambassade.

A partir de Pâques 1648, nous ne pouvons suivre Molière dans toutes les villes qu'il a parcourues, mais j'ai noté d'une « ★ » les principales étapes de ses pérégrinations provinciales : Nantes, Fontenay-le-Comte, Toulouse, Narbonne, Pézenas, Lyon, Montpellier, Lyon, Pézenas, Narbonne, Bordeaux, Béziers, Avignon, Lyon, Grenoble et Rouen.

Il y aurait encore beaucoup à trouver en Normandie, Bretagne, Touraine, Anjou, Poitou, Limousin, Guyenne, Languedoc, Provence, Dauphiné, Bourgogne et Champagne. Les minutes des no-

taires, les livres de raison, les registres des pa-
roisses, les correspondances privées, les archives des
justices locales n'ont pas encore dit leur dernier
mot.

N'est-il pas évident que Molière, au temps joyeux
de sa bohême vagabonde, a visité Chartres, Orléans,
Blois, Vendôme, La Flèche, Tours, Saumur, Angers, Poitiers, Limoges, Angoulême, Périgueux, Libourne, Agen, Montauban, Castres, Albi, Castelnaudary, Carcassonne, Arles, Aix, Marseille,
Nîmes, Tarascon, Beaucaire, Valence, Vienne,
Moulins, Mâcon, Dijon, Nevers, Bourges, Montargis, Sens, Troyes, Reims, et vingt autres villes où
sa présence n'a pas encore été documentairement
établie, sans parler des bourgades de moindre importance que sa troupe nomade a traversées sans
laisser traces de son passage ?

Il reste donc beaucoup à trouver pour cette pé-
riode des courses en province qui dura près de quinze
années — la moitié de sa vie théâtrale !

Que d'incidents, que d'accidents, que d'aventures
à jamais ignorées ! Un fait, que j'emprunte à mon
nouveau témoin, M. du Ferrier, peut donner une
idée des obstacles que rencontra dans certaines villes
le grand excommunié qui portait déjà Tartuffe dans
sa tête.

Quelques années après le passage de Molière à
Narbonne, une troupe de comédiens, après la fin

des Etats de Languedoc, vint dans cette ville avec une lettre de recommandation du Gouverneur [1] aux Consuls :

« Ceux-ci — dit M. du Ferrier — me vinrent compter leur douleur de voir ces misérables résolus de jouer pendant le Carême. N'osant résister au commandement d'un prince, après les avoir loués de leur zèle, je leur dis de me laisser le soin d'y remédier avec le secours de Dieu. Le lendemain, qui étoit le jour des Cendres, j'envoyai un billet aux prédicateurs des deux églises où on prêche afin qu'ils avertissent leur auditoire de notre part qu'il n'y auroit plus de prédication et que le Très Saint-Sacrement ne seroit plus exposé dans la ville *jusques à ce que les comédiens en fussent délogés.* Cet avis toucha si fort tout le peuple que, me donnant mil bénédictions, le peuple parut tellement ému que les consuls bien intentionnés allèrent dire aux comédiens qu'ils ne les pouvoient assurer de leur vie s'ils ne s'en alloient tout incontinent, ce qu'ils firent à grand haste. M. le Gouverneur ne m'en sut pas mauvais gré, ayant de la bonté pour moi, et trouvant bon qu'on prît le parti de Dieu contre lui-même [2] ».

Ce n'est pas là un fait nouveau, ni isolé. Molière dut éprouver plus d'une fois pareille mésaventure : il eut souvent maille à partir soit avec le clergé, soit avec les municipalités. Il faut chercher, chercher encore, et l'on trouvera.

Armé d'une bonne carte routière du temps de la

---

1. Le duc de Verneuil, nommé en mars 1666.
2. Pages 562-563 du manuscrit.

Fronde, il ne faudrait pas hésiter à refaire l'itiné-
raire de l'Illustre-Théâtre, et de ce tour de France,
entrepris à petites journées, sans hâte et avec méthode,
en étudiant à fond l'histoire des villes parcourues,
sortirait, j'en suis sûr, un résultat heureux sinon
définitif.

A défaut de ce voyageur idéal, dont le Ministre
de l'Instruction Publique pourrait sans honte pa-
tronner la mission, les Sociétés savantes des dépar-
tements, qui ont déjà rendu de signalés services à
l'art comme à l'érudition, ne pourraient-elles se
partager ce travail, au cours duquel on ferait bien
d'autres trouvailles de tout genre? Il suffirait, par
région, d'un délégué de bonne volonté, capable de
déchiffrer les vieilles écritures, dût-il parfois — comme
on l'a fait — lire Rejac pour Béjart, Rochessanne
pour Rochesauve, Durosc pour Du Rozet, Chevalier pour Clerselier, et intervalle pour « iuste valleur :
Il se trouvera toujours quelqu'un pour deviner le
rébus et démêler la vérité sous l'erreur.

A dater de l'arrivée de Molière à Paris (octobre
1658), nous avons un guide précieux dans le fameux
Journal du soigneux La Grange, extrait pour son
usage personnel des grands registres de la troupe,
aujourd'hui perdus sauf trois.

Grâce aux deux tenus par la Thorillière, grâce
au registre de Hubert, les années 1663-1665 et
1672-73 sont plus riches en détails intérieurs;

mais on peut toujours espérer retrouver des fragments des autres, ainsi que les registres disparus de l'Hôtel de Bourgogne, du Marais et des Italiens, faute desquels on ne pourra jamais reconstituer complètement l'histoire du Théâtre depuis la première du Cid jusqu'à la mort de Molière.

On trouvera peut-être que j'ai fait la part trop petite aux grands faits de l'histoire générale. D'Héroard, de la Gazette, du Journal de la santé du Roi, de Loret, de Scarron, de Boursault, de Subligny, de Robinet, de Mayolas, du Mercure naissant et des innombrables Mémoires du temps j'ai extrait tout ce qui m'a paru pouvoir fournir un tableau, aussi exact et complet que possible, du milieu sans pareil dans lequel Molière a atteint le sommet de son art, et remporté le prix que lui marchandait son ami Despréaux.

Avec plus de loisir, de patience et d'espace, j'aurais fait davantage en dépouillant plus complètement les gazettes, journaux et mémoires, en étudiant plus à fond la vie des nombreux amis, ennemis et protecteurs de Molière. C'est là surtout qu'il reste à glaner, de quoi combler de regrettables lacunes.

Il est certain que le chercheur qui aura le temps de suivre jour par jour Gassendi, Gaston d'Orléans, Chapelle, Cyrano, La Fontaine, les deux Corneille, les trois Boileau, Racine, Boursault, Montfleury père et fils, Dassoucy, Chauveau, Bourdon, Mignard, du Fresnoy, Vinot, Charpentier, Bernier, Goudouli, Conti, M. d'Epernon, M. de Guise, le baron de Modène, Lhermite de Vauselle, Lulli, de Vizé, Fourcroi, Rohaut, Furetière, Sorel, Marcassus, Le Vayer, les frères Broussin, Descoteaux, Montausier, Vivonne, La Feuillade, et tant d'autres, rencontrera Molière là ou sa présence n'a pas encore été signalée.

Il faudrait des années pour mener à bien un pareil travail : le mien n'en est que le prélude et l'ébauche, et je souhaite qu'il décide quelque moliériste plus jeune et plus fervent à poursuivre la tâche commencée.

Ce petit livre est de ceux qu'on doit tout d'abord interfolier de papier blanc pour que chaque lecteur puisse le refaire à son gré et le mettre à son point. Une erreur est-elle reconnue : que le crayon la sabre impitoyablement ; un fait semble-t-il inutile, biffez-le ; tel détail a été omis, glissez-le bien vite à sa date.

C'est ce que je vais faire pour ma part, afin d'en préparer une édition nouvelle dont j'aurai lieu, j'espère, d'être plus satisfait que de la présente.

Mais, avant de prendre congé, je voudrais rendre grâces à tous ceux qui, depuis La Grange et Grimarest, ont écrit utilement sur notre Molière.

Honneur surtout aux patientes recherches des Beffara, des Jal et des Eudore Soulié ; aux critiques

*et aux érudits qui se sont appelés Taschereau, Bazin,
Paul Lacroix, Edouard Fournier, Victor Fournel,
Claudius Brouchoud et Edouard Thierry, qui s'ap-
pellent Louis Moland, Emile Campardon, Jules
Loiseleur, Henri Chardon, Paul Mesnard et A. Des-
feuilles.*

*Plusieurs furent mes maîtres, quelques-uns veulent
bien m'appeler leur ami.*

*C'est à eux tous que, d'un cœur reconnaissant,
je dédie très respectueusement cette modeste mosaïque,
dont ils ont fourni les morceaux.*

GEORGES MONVAL.

La Jonchère, 22 avril 1897.

CHRONOLOGIE

MOLIÉRESQUE

Année 1621.

(Onzième du règne de Louis XIII.)

Commencement de la guerre contre les Huguenots.

M. 12 janvier. Le Roy revient de Picardie et assiste à la comédie italienne, au théâtre de l'hôtel de Bourbon.

J. 11 février. Comédie italienne dans le cabinet du Roy.

L. gras 22 — Contrat de mariage entre Jean Poquelin II, né en 1595, fils de Jean Poquelin Ier et d'Agnès Mazuel; et Marie

Cressé, fille de Louis Cressé, tapissier aux Halles et de Marie Asselin.

D. 25 avril. Fiançailles.

M. 27 — Mariage religieux à Saint-Eustache.

6 au 28 — La Cour à Fontainebleau (comédiens italiens).

31 mai. Siège de Saint-Jean-d'Angely.

J. 8 juillet. Naissance de Jean de La Fontaine, à Château-Thierry.

D. 15 août. Siège de Montauban. (M. de Mayenne tué le 17 septembre.)

M. 8 septembre. Naissance de Louis II de Bourbon (le grand Condé).

M. 15 décembre. Mort du Connétable de Luynes.

—

Le Mespris de la Cour, imité de l'espagnol de Guevarre, par Molière d'Essertines, est dédié à Mgr le cardinal de la Valette, petit in-8°, avec portrait, par Daniel Dumonstier, gravé par Ticquet, et sixain de J. Baudouin.

Le pape Grégoire XV succède à Paul V.

※

ANNÉE 1622.

—

Samedi 15 janvier. Baptême à Saint-Eustache, de JEAN, premier enfant de Jean POQUELIN II, tapissier, et de Marie Cressé, demeurant rue Saint-Honoré. Parrain : Jean Poquelin I, porteur de grains ; marraine : Denise Lescacheux, veuve de Sébastien Asselin, marchand tapissier.

— — Traité avec les Grisons.

28 — Le Roy rentre à Paris, après une absence de neuf mois.

29 et 31. — Comédiens italiens au Louvre.

15 février. Baptême de Jacques Béjart, à Saint-Gervais.

Ballet de Mgr le Prince, dansé au Louvre.

20 mars. Départ du Roy. Voyage militaire.

5 août. Privilège de *Francion.*

2 sept.–19 oct. Siège de Montpellier.

5 septembre. Richelieu, évêque de Luçon, est promu cardinal.

9 octobre. Paix avec M. de Rohan.

20 — Louis XIII à Montpellier.

— — L'Evêché de Paris érigé en archevêché.

P. Corneille termine ses classes au Collège de Rouen.

6-19 décembre. Le Roy à Lyon ; entrée de la
Reine.

28 — Mort à Lyon, de François de Sales, évêque
de Genève.

—

Canonisation de trois saints : Ignace de Loyola,
François-Xavier, Philippe de Néri, et de sainte
Thérèse.

Harvey découvre la circulation du sang.

Un C. Molière, avocat, prévôt de Marines,
publie à Paris, chez la veuve Chastellain, petit
in-8°, un *Discours* ou *Réfutation contre l'Astro-
nomantie ou Astrologie judiciaire et divinatrice.*

Publication des sept premiers livres de l'Histoire Comique de *Francion.*

Privilège de la *Polixène* de Molière d'Essertines.

Flavia, trag. latine de B. Stephon, S. J. Paris,
in-12.

Recherches des Recherches, d'Et. Pasquier.

J. B. Andreini (Lelio) publie quelques pièces
chez N. Delavigne.

Le Cardinal de la Rochefoucauld fonde le couvent de l'Assomption.

Jacques de Brosse achève la reconstruction de
la grande salle du Palais.

❦

ANNÉE 1623. (*Age de Molière : 1 an.*)

—

6 janvier. Baptême du 2e enfant Poquelin, Louis.

7 — Le Roy à Fontainebleau.

10 — Le Roy et les Reines arrivent à Paris.

21 et 22 — Comédiens italiens en la salle de Bourbon.

D. gras 26 février. Ballet royal des *Bacchanales*, dansé au Louvre.

D. 5 mars. Grand ballet de la Reine, *les Fêtes de Junon*, devant le prince de Galles.

29 — Mort, à Loudun, de Scévole de Sainte-Marthe.

21 avril. Mort de l'évêque de Marseille Coeffeteau.

19 juin. Naissance de Pascal, à Clermont-Ferrand.

6-14 août. Le Roy à Saint-Germain.

—

Le Banquet des Muses, d'Auvray, 8°, Rouen.

Rubens termine le 24e et dernier tableau de la galerie de Luxembourg, représentant la vie de Marie de Médicis.

❀

ANNÉE BISSEXTILE 1624. (2 ANS.)

—

14 mars. Décès de François-Hugues de Molière
d'Essertines, à l'âge de 22 ans.

Avril. Richelieu se démet de son évêché de Luçon
et entre au Conseil du Roy.

8 mai. Pose de la première pierre de la chapelle
N.-D. de Bonne-Nouvelle.

18 juin. P. Corneille reçu avocat.

28 — Le Roy inaugure une fontaine à la Grève.
Premier volume des *Lettres* de Balzac.

2 juillet. Baptême, à Saint-Paul, de Geneviève
Béjart.

3 — Anne d'Autriche pose la première pierre du
cloître des Filles du Val-de-Grâce.

Juillet-août. Le Roy à Saint-Germain; la Reine
mère à Ruel.

Septembre. Le Roy à Compiègne : chasses, comédie italienne.

1er octobre. Baptême du 3e enfant Poquelin, Jean.

—

Le Poussin va à Rome.

Le Roy commande à Mansart le portail de
l'église des Feuillants.

Nouvel aqueduc d'Arcueil achevé sur les plans de J. de Brosse. — Fontaine Saint-Benoît. Gassendi à Paris.

ꭥꭥ

ANNÉE 1625. (3 ANS.)

—

M. gras 11 février. Ballet des *Fées des forêts de Saint-Germain*, dansé par le Roy en la salle du Louvre.

D. 11 mai. Mariage de Madame (Henriette-Marie), sœur du Roy, avec le prince de Galles (depuis Charles Ier d'Angleterre), devant le parvis de Notre-Dame de Paris.

1er juin. Mort d'Honoré d'Urfé.

Juillet. Le Roy à Fontainebleau.

D. 10 août. Baptême du 4e enfant Poquelin, Marie.

M. 20 — Naissance, à Rouen, de Thomas Corneille.

22 — au 4 octobre. Le Roy à Fontainebleau.

—

Congrégation de Saint-Vincent de Paul.
Procession de la châsse de Sainte-Geneviève.

Mort du cardinal de Bérulle.

Les Comédiens du prince d'Orange à l'Hôtel de Bourgogne.

✠

ANNÉE 1626. (4 ANS.)

—

J. 5 février. Naissance de Marie de Rabutin-Chantal (marquise de Sévigné), à la place Royale.

M. gras 24. — Le Roy danse le ballet de *la Douairière de Billebahaut* à l'Hôtel de Ville.

3 avril. Le Roy à Fontainebleau.

L. 13 — Mort du grand-père et parrain Jean Poquelin Ier.

Mai. Le Roy à Fontainebleau.

6 août. Mariage de Gaston, frère du Roy, avec Marie de Bourbon.

19 — Exécution du comte de Chalais, à Nantes.

25 septembre. Mort, à 36 ans, du poète Théophile de Viau, à l'hôtel de Montmorency.

28 — Mort du connétable de Lesdiguières.

26 octobre. Mort du duc de Mantoue, cardinal Ferdinand de Gonzague.

2 décembre. Assemblée des Notables ouverte par

le Roy en la grande salle des Tuileries : le garde des sceaux et la « statue de Memnon ».

5 décembre. Michel de Marolles obtient l'abbaye de Villeloin.

———

Dédicace de Saint-Étienne-du-Mont.
Naissance de Cl.-Emm. Chapelle.

ꭓꭓ

ANNÉE 1627. (5 ANS.)

—

L. 4 janvier. *Ballet des Quolibets*, dansé devant LL. MM.

M. 10 février. *Ballet du Lundi*, dansé devant LL. MM.

M. gras 16 — *Le Sérieux et le Grotesque*, ballet dansé par le Roy en la Salle du Louvre, puis en la maison de ville.

16 mars. Louis XIII pose la première pierre de l'église Saint-Louis.

18 — Richelieu nommé surintendant général du commerce et de la navigation.

10 mai. Duel Montmorency-Bussy d'Amboise, à la place Royale.

29 — Naissance d'Anne-Marie-Louise d'Orléans (la grande Mademoiselle).

4 juin. Mort de Madame, femme de Gaston d'Orléans.

22 — Exécution de Montmorency-Bouteville et de Des Chapelles, en Grève.

23 — Feu de la Saint-Jean, au même lieu.

M. 13 juillet. Baptême d'un 5e enfant Poquelin, Nicolas.

10 août. Siège de La Rochelle, citadelle du protestantisme.

28 septembre. Naissance de Bossuet.

12 octobre. Le Roy arrive au camp devant La Rochelle.

———

Un Sr de Molière, lieutenant d'artillerie, au siège de l'île de Ré (Juillet-novembre).

Les Galanteries du duc d'Ossone, comédie de Mairet.

Le Berger extravagant, de Sorel.

Les deux dernières parties de l'*Astrée,* publiées par B. Baro.

L'église Saint-Louis fondée rue Saint-Antoine.

CHC

ANNÉE B. 1628. (6 ANS.)

—

M. gras 7 mars. Ballet des *Andouilles portées en guise de momon*.

14 avril. Marie de Médicis pose la première pierre du monastère et église Sainte-Elisabeth.

S. 13 juin. Baptême d'un 6ᵉ enfant Poquelin, Marie-Madeleine.

1ᵉʳ août. Reconstruction du collège de Clermont par A. Guillain ; pose de la première pierre.

6 octobre. Malherbe meurt à Paris, âgé de 73 ans. Inhumé à Saint-Germain-l'Auxerrois.

28-29 — Soumission et capitulation de La Rochelle.

1ᵉʳ novembre. Entrée du Roy dans la ville de La Rochelle.

Ballet des Trois Nations.

23 décembre. Le Roy rentre à Paris.

—

Marie de Médicis fait planter le Cours-la-Reine.

On commence les nouveaux travaux du Louvre.

☙

ANNÉE 1629. (7 ANS.)

—

16 janvier. Départ du Roy.

6 mars. Le Roy au Pas-de-Suze.

Mai. Marillac est fait maréchal au siège de Privas.

Août. Siège et soumission de Montauban.

Septembre. Richelieu à Effiat. Le Roy à Fontainebleau.

11 octobre. Naissance d'Armand de Bourbon, prince de Conti.

21 novembre. Richelieu déclaré premier ministre.

9 décembre. Le Roy pose la première pierre de l'église du couvent des Petits-Pères.

29 — Richelieu part pour l'Italie.

—

Mélite, première pièce de Pierre Corneille, représentée par la troupe du prince d'Orange et par celle du Marais, rue Grenier-Saint-Lazare (Mondory).

La troupe de Bellerose à Londres.

L'*Inavvertito*, de Beltrame, imprimé à Turin.

Edit d'Alais.

La Sophonisbe, de Mairet, première pièce régulière (Mondory).

Premières réunions d'académiciens chez Conrart.

Le Mercier commence les travaux du Palais Cardinal.

Construction du Petit-Luxembourg.

❄

ANNÉE 1630. (8 ANS.)

—

19 janvier. Mariage de M. de Modène.

22–29 mars. Prise de Pignerol.

29 avril. Th. Agrippa d'Aubigné meurt à Genève, âgé de 80 ans.

10 juillet. Combat de Veillane.

17 — Sac de Mantoue.

4 septembre. Gaston d'Orléans pose la première
pierre de l'église Saint-Jacques-du-Haut-
Pas.

13 octobre. Traité de Ratisbonne.

26 — Levée du siège de Casal.

D. 3 novembre. Richelieu à Ruel.

L. 11 — Journée des Dupes.

4 décembre. Baptême, à Saint-Gervais, de Louis
Béjart.

—

Incendie de la Sainte-Chapelle : clocher et toiture consumés.

Le grand-père Louis Cressé a une maison avec cour, étables et jardin, dans la grande rue de Saint-Ouen.

Comédiens du duc d'Angoulême et de Mgr le Prince, au faubourg Saint-Germain.

Translation du cimetière de St-Eustache de la rue Bouloi à la rue Montmartre (Saint-Joseph).

Richelieu demande à Le Mercier un plan de restauration de la Sorbonne, et pose la première pierre.

Bureaux d'adresse et de rencontre.

ꝏ

ANNÉE 1631. (9 ANS.)

—

13 février. La Reine mère prisonnière à Compiègne.

2 avril. Jean Poquelin II succède, comme valet de chambre tapissier ordinaire du Roy, à son frère cadet Nicolas Poquelin (quartier d'avril-juin).

15 — Le Roy à Fontainebleau.

16 avril. Traité de paix de Cherasco.

20 — Pâques.

30 mai. 1er numéro de la *Gazette* hebdomadaire
    de Théophraste Renaudot, au *Grand Coq,*
    rue de la Calandre, 4 p. in-4°.

Octobre. Richelieu est parrain d'un neveu. Grandes
    fêtes à Ruel.

7 au 22 — Le Roy à Fontainebleau.

28 novembre. La *Gazette* double son format.

———

La *Virginie* de Mairet représentée par Mondory chez Mme de Rambouillet.

Ballet du Bureau de rencontre, dansé au Louvre
devant le Roy.

Lygdamon et Lidias, tr. c. de Scudéry.

Mort d'Alexandre Hardy, âgé d'environ 64 ans.

Le Prince, de Balzac.

Bassompierre à la Bastille.

Lettres-patentes déclarant l'abbaye du Val-de-
Grâce de fondation royale.

Cyrano au collège de Beauvais : le principal,
Grangier.

Peste de Florence.

❦

ANNÉE B. 1632. (10 ANS.)

—

31 janvier. Second mariage de Monsieur (Gaston
d'Orléans) avec Marguerite de Lorraine.

20 mars. *Clitandre*, 2e pièce de P. Corneille,
achevé d'imprimer.

S. 8 mai. Procès, à Ruel, du maréchal de Marillac, condamné à mort.

L. 10 — Le maréchal de Marillac, décapité en
Grève, inhumé dans l'église des Feuillans.

M. 11 — INHUMATION DE MARIE CRESSÉ.

5 août. Bellerose loue pour 3 ans l'Hôtel de
Bourgogne.

1er septembre. Combat de Castelnaudary : mort
du comte de Moret.

21 — Contrat de mariage de l'oncle Guillaume
Cressé avec Geneviève Cantherel.

30 octobre. Le duc Henry de Montmorency exé-
cuté à Toulouse, à l'âge de 37 ans.

31 — Le commandeur de Sillery pose la première pierre de l'église de la Visitation-de-
Sainte-Marie, par F. Mansart.

16 novembre. Le roi de Suède Gustave-Adolphe
tué à la bataille de Lutzen (Saxe).

—

L'*Hercule mourant*, tr. de Rotrou.

Les deux premiers tomes du *Polexandre*, de Gomberville.

Porte de la Conférence construite par Pidoux.

Fin des travaux de reconstruction du collège de Clermont.

❊

ANNÉE 1633. (11 ANS.)

—

M. 19-31 janvier. Inventaire après le décès de Marie Cressé.

12 février. Achevé d'imprimer de *Mélite*.

28 — Le président Séguier reçoit les sceaux.

11 avril – 30 mai. Jean Poquelin II se remarie avec Catherine Fleurette, à Saint-Germain-l'Auxerrois.

3 mai. Le Roy à Fontainebleau.

S. 14 — veille de la Pentecôte. Réception, à Fontainebleau, des chevaliers du Saint-Esprit, dans la salle de la Belle Cheminée, convertie en chapelle, puis en théâtre.

22 — Arrêt de la Cour ordonnant la clôture du théâtre de la rue Michel-le-Comte.

3

15 juin-3 juillet. Le Roy, la Reine et Richelieu à
     Forges : troupe de Mondory (la Villiers).
26 août. Richelieu acquiert le château de Ruel.
30 septembre. Jean Poquelin II acquiert une
     maison sous les piliers des Halles, *à l'Image
     Saint-Christophe.*
30 nov. Conseil à Ruel, en présence du Roi, au
     sujet d'Urbain Grandier.
10 décembre. Mort de Gaultier-Garguille.
28 — Richelieu à Ruel.

——

La Veuve et *La Galerie du Palais,* de P. Cor-
neille.
   La *Comédie des Proverbes.*
   Construction par P. Le Muet de l'hôtel Tubeuf.
   Reconstruction de la porte Saint-Honoré.
   Construction de la fontaine du Vert-Bois.
   Morts de Tabarin et de Gros-Guillaume.
   Conférences du Bureau d'adresse.

✠

ANNÉE 1634. (12 ANS.)

——

15 janvier. Prise de Philisbourg.
   Fondation de l'Académie française.

J. 26 janvier. Ballet dansé devant la Reine, à l'hôtel de Chevreuse.

D. 5 février. Ballet dansé en l'hôtel de Sillery, aux noces du marquis de Coaslin.

M. gras 28 — Ballet dansé à l'Arsenal, chez le marquis de la Meilleraye, devant Richelieu.

13 mars. Conrart nommé secrétaire perpétuel.

— — Achevé d'imprimer de *la Veuve*.

M. 15 — Baptême d'un 7e enfant Poquelin, Catherine.

29 avril-19 juin. Le Roy à Fontainebleau.

6 septembre. Bataille de Nordlingen. Défaite des Suédois.

Traité de Prague.

D. 22 octobre. Richelieu à Ruel reçoit la visite de Gaston d'Orléans ; fête brillante, collation, comédie et ballet.

M. 28 novembre. A l'Arsenal, aux noces de la Valette, de Puylaurens et de Guiche, comédie en prose, puis *Mélite* et farce par la troupe de Mondory.

—

La Suivante et *La Place Royale*, com. de P. Corneille.

Sully, maréchal de France.

Les *Chansons folastres* de Gautier-Garguille.

Procès d'Urbain Grandier, curé de Loudun, brûlé vif le 18 août.

Achèvement du Pont-au-Double.

Construction du portail de l'église Saint-Louis.

La Vraie suite des aventures de la Polixène du feu sieur de Molière, attribuée à Sorel, in-8°, de Sommaville.

Guerre contre l'Espagne.

Achèvement par F. Mansart de l'hôtel Carnavalet.

ℋℭ

ANNÉE 1635. (13 ANS.)

—

M. 2 janvier. La troupe du Marais s'établit dans un jeu de paume de la rue Vieille-du-Temple, près de la rue de la Perle (Mondory).

23 — Antoine d'Ancienneville est tué par des filous en sortant de l'Hôtel de Bourgogne.

29 — Lettres patentes qui constituent l'Académie française, (enregistrées en 1637).

5 février. Conrart avec deux collègues et Boisrobert, députés à Ruel.

D. 4 mars. La *Comédie des Tuileries*, devant la
    Reine.

23 — Mort de Jacques Callot.

15 mai. Richelieu pose la première pierre de l'é-
    glise de la Sorbonne.

20 juin au 12 juillet. La Cour à Fontainebleau.

1er août. Traité conclu à Ruel entre le Roy et la
    ville impériale de Colmar.

10 septembre. Bellerose renouvelle le bail de l'H.
    de B.

Octobre. Richelieu à Ruel.

27 novembre. Naissance de Françoise d'Aubigné
    (Mme Scarron, marquise de Maintenon),
    à Niort.

—

Humanités au Collège de Clermont, chez les
Jésuites de la rue Saint-Jacques (Collegium Cla-
romontanum S. J.) : le P. Jacques Dinet, de Moulins, recteur jusqu'en 1638.

Neanias, sive Procopius martyr et *Jonathas*,
tragédies en 5 et 3 actes du P. Berthelot, sont
représentées au Collège de Clermont.

La Fontaine, condisciple de Furetière.

Création des intendants de provinces.

Médée, 1re tragédie de Corneille.

1re édition de *Sophonisbe*, in-4º.

Arrivée à Paris du prince d'Éthiopie Saga-
Christis.

Le Pont-Marie est achevé et couvert de maisons.

Achèvement du monument à Henri IV sur le Pont-Neuf.

Construction, par F. Mansart, de l'hôtel de la Vrillière.

L'arrière-ban de Nancy.

Floridor à Londres.

OIC

ANNÉE B. 1636. (14 ANS.)

—

La *Marianne*, de Tristan (Mondory).

10 janvier. Madeleine Béjart achète 4.010 liv. une petite maison au cul-de-sac Thorigny.

D. 27 — A l'hôtel de Richelieu : *Cleoriste*, de Baro, par la troupe de Bellerose, et ballet. — Redonnée le 5 février.

M. 12 février. Le Roy danse son ballet.

S. 16 — Fêtes pour le duc de Parme.

D. 2 mars. J.-B. Lhermite de Vauselle épouse, à Paris, Marie Courtin de la Dehors.

L. 12 mai. Richelieu à Ruel.

15 — Achevé d'imprimer les *Ménechmes*, com. de Rotrou.

19 mai. Le Roy à Fontainebleau.

28 — Achevé d'imprimer l'*Hercule mourant*, avec quatrain de Madeleine Béjart.

6 juin. Richelieu cède au Roy la propriété de son hôtel, terminé, qui prend le nom de Palais-Cardinal.

14 — Privilège de *Marianne*.

15 août Prise de Corbie.

L. 25 — Marie Hervé et les Vauselle à Angerville, entre Etampes et Orléans : Baptême, cinq mois après mariage, de Madeleine L'Hermite.

S. 1er novembre. Naissance de Nicolas Boileau Despréaux, à Crosne? baptisé le 2 à Paris.

5 — Baptême d'un 8e enfant Poquelin, Marguerite.

7 — Décès de la même.

12 — Décès de Catherine Fleurette, la mère.

L'Illusion comique, de P. Corneille.

Décembre. *Le Cid,* de Corneille, au théâtre du Marais (Mondory).

20 — Privilège hollandais du *Discours de la Méthode.*

—

Fondation du Jardin du Roy par Gui de la Brosse, médecin de Louis XIII.

Construction de la porte de Richelieu ou porte Royale.

La fontaine de la Croix du Trahoir, bâtie en 1529 au milieu de la rue Saint-Honoré, est placée dans un pavillon à l'angle de la rue de l'Arbre-Sec.

La troupe de Bellerose joue devant la Reine, à l'hôtel de Richelieu.

Siège de Saint-Jean-de-Losne.

Cléopâtre, tragédie de Benserade.

Les Sosies, de Rotrou, au Théâtre du Marais.

⚭

ANNÉE 1637. (15 ANS.)

—

Poquelin père habite le *Pavillon des Singes*, rue Saint-Honoré, au coin de la rue des Vieilles-Étuves.

J. 8 janvier. Comédie à l'hôtel de Richelieu.

21 — Privilège du *Cid* accordé à Courbé.

22 au 27 — Le Roy à Fontainebleau.

15 février. Achevé d'imprimer la *Marianne,* de Tristan.

17 — Ballet à Blois, où Gaston fait travailler à la reconstruction du château.

20 — Achevé d'imprimer la *Galerie du Palais* et la *Place Royale.*

D. 22 février. *L'Aveugle de Smyrne* représenté à l'Hôtel de Richelieu par les deux troupes de comédiens, devant le Roy, la Reine, Monsieur, Condé, le duc de Weimar, etc. (Mondory ne peut jouer que 2 actes).

23 mars. Achevé d'imprimer *le Cid*, 4°, Courbé.

D. 29 — Transaction entre Nicolas et Jean Poquelin pour l'office de tapissier du Roy.

1er avril. Établissement des Monts-de-piété.

D. 26 avril. Dédicace par l'archevêque de Paris, J.-F. de Gondi, de l'église Saint-Eustache, rebâtie de fond en comble. (Le curé Etienne Tonnellier ; les marguilliers J. Bachelier et Ch. Gourlin.)

4 mai. Privilège français du *Discours de la Méthode*.

31 — Pentecôte. Le Roy à Fontainebleau.

8 juin. Achevé d'imprimer du *Discours de la Méthode*.

24 — Mort de Peiresc, à Aix-en-Provence.

10 juillet. Le Parlement vérifie les lettres de fondation de l'Académie.

26 — Prise de Landrecies.

9 septembre. Achevé d'imprimer *la Suivante*.

— — Mort de Louise de Bourbon, duchesse de Longueville, à 34 ans.

14 décembre. Lettres de provision de la charge de tapissier du Roy (survivance).

18 — Prestation de serment comme survivancier.

4

Mort de Turlupin.

Le *Docteur amoureux*, comédie de Le Vert, à l'Hôtel de Bourgogne.

Panthée, tragédie de Tristan.

La Mort d'Achille, tragédie de Bensérade.

Iphis et Janthe, comédie du même.

Gustaphe, tragi-comédie du même.

Le Temple de la Mort, poème de Philippe Habert.

Nombreuses publications pour et contre *le Cid*.

Le pont de la Tournelle, emporté par les eaux, est reconstruit en bois.

Paralysie de Mondory.

Adam Billaut à Paris.

Novelas exemplares y amorosas, de Dona Maria de Zayas, 4°, Saragosse.

❊

ANNÉE 1638. (16 ANS.)

—

Mort de Louis Cressé, grand-père maternel.

13 janvier. Le *Ballet des Nations* dansé par S. M.

— Ballet donné par le Cardinal à Ruel.

17 février. Cendres. Vœu de Louis XIII. Décla-

ration du Roy qui met sa personne et son royaume sous la protection de la Vierge.

Saisie des ventes de l'Hôtel-de-Ville.

V. 26 mars. Exécution à la Croix-du-Trahoir.

22 avril. Mort, à Ruel, du prince d'Éthiopie Saga-Christis, fils présumé du Prète-Jean.

4 mai. Arrestation de l'abbé de Saint-Cyran, emprisonné à Vincennes.

15-18 juin. Le Roy à Fontainebleau.

Dim. 11 juillet. Baptême à Saint-Eustache, de Françoise, fiile illégitime d'Esprit de Rémond de Modène et de Madeleine Béjart, née le S. 3, rue Saint-Honoré. Parrain : Lhermite de Vauselle ; marraine : Marie Hervé.

14 — Les solitaires chassés de Port-Royal-des-Champs.

D. 5 septembre. Jour anniversaire de la naissance du Cardinal : à 11 h. 1/2 du matin, naissance du Dauphin, à Saint-Germain-en-Laye. Réjouissances publiques.

L. 6 — Illuminations.

M. 7 — Feu d'artifice, ballet et comédie par les écoliers dans la cour du Collège de Clermont. Le jeune prince de Conti y commence ses études.

8 — Prise du Catelet.

14 décembre. Prise de Brisach.

18 décembre. Mort, à Ruel, du P. Joseph (F. Leclerc du Tremblay, l'Éminence grise) à 61 ans.

29 — *Te Deum* à Notre-Dame.

—

Montfleury épouse Jeanne de la Chappe à Ruel, dans la maison du Cardinal.

Antigone, tr. de Rotrou.

Dom Quichotte de la Manche, c. de Guérin du Bouscal.

Cyrano prend du service dans les gardes-nobles.

Mort du Scapin Francesco Gabrieli.

La Reine mère en Angleterre.

Floridor et Filandre à Saumur.

꘎

ANNÉE 1639. (17 ANS.)

—

Janvier. Bellerose, Guillot-Gorju, Jodelet, Lespy, Dorgemont, Montfleury, etc., à l'Hôtel de Bourgogne.

Guise à Sedan.

1er — L'abbé de Lévis, fils de feu duc de Ventadour, fait sa profession au Collège de Clermont, et y dit sa 1re messe le 3.

4 janvier. Le Roy part de Saint-Germain pour Fontainebleau.

10 — Le prince de Condé arrive à Paris.

14 — Le Roy part de Fontainebleau.

19 — Exécution d'un blasphémateur.

14 février. La Mothe Le Vayer reçu académicien.

J. 17 — Le Roy danse le ballet de *la Félicité* à Saint-Germain et ensuite à Ruel.

D. gras 6 mars. Ballet de la *Félicité* dansé à Saint-Germain, devant LL. MM.

M. gras 8 — Ballet de la *Félicité* dansé à l'hôtel de Richelieu.

16 — Achevé d'impr. *Médée* et l'*Illusion comique*.

J. 17 — Ballet de la *Félicité* dansé dans la maison de Ville. — M. de Modène à Sedan.

Juin. Prise de Hesdin en Artois. — Combats dans le Roussillon.

M. 13 septembre. Inauguration de la statue équestre de Louis XIII à la place Royale.

19 — André du Cerceau reconstruit en pierre le Pont-au-Change.

9 octobre. Traité de Brisach, qui donne l'Alsace à la France.

3-8 novembre. Le Roy à Fontainebleau.

D. 20 — Madeleine Béjart marraine, à *Saint-*

Sauveur, de sa petite sœur Bénigne-Ma-
delaine.

M. 14 décembre. Vauselle de passage à Paris.

M. 21 — Naissance de Jean Racine, à La Ferté-
Milon.

—

Le Poussin revient à Paris, nommé peintre
du Roy.

Lhermite de Vauselle, qui habite Sedan, dédie
sa *Chute de Phaéton* à M. de Modène.

J. B. passe ses thèses de philosophie et sort du
Collège de Clermont.

Cyrano blessé au siège de Mouzon.

La Métamorphose des Yeux de Philis en astres,
poème de Germain Habert, abbé de Cerisy.

L'Apologie du Théâtre, par Scudéry.

2e partie du *Dom Quichotte* de G. du Bouscal.

Panthée, tr. de Tristan, in-4°.

✠

ANNÉE B. 1640. (18 ANS.)

—

Scaramouche à Paris.

Te Deum à N.-D. pour la victoire de Casal.

30 mai. Mort, à Anvers, de Rubens, à 63 ans.

5 juin. Madeleine Béjart marraine, à Saint-Sul-
　　　pice, d'un enfant de Robert de la Voy-
　　　pierre; valet de chambre.

14 juillet. Le chancelier Séguier pose la première
　　　pierre de la chapelle funéraire du cime-
　　　tière Saint-Joseph.

Mai-août. Siège d'Arras, où Cyrano Bergerac est
　　　blessé : le maréchal de la Meilleraye.

J. 21 septembre. Naissance, à Saint-Germain-en-
　　　Laye, de Philippe d'Orléans, duc d'Anjou.

20 octobre. Installation des dames Annonciades à
　　　la rue de Sèvres (abbaye aux Bois).

—

Horace et *Cinna*, de P. Corneille, au Marais.

La Poétique, de J. Pilet de la Mesnardière.

Les Visionnaires, comédie de Desmarets.

Le *Gouvernement de Sanche Panse*, de G. du
Bouscal.

La Comédie de Chansons.

Le *Mariage d'Orphée et d'Euridice*, de Chapoton (H. de B.).

Naissance de Brueys à Aix-en-Provence.

1ʳᵉ leçon publique de Gui de La Brosse au
Jardin du Roy. — Consultations charitables.

Antiquités de Paris, de Cl. Malingre, 4°.

꘎

ANNÉE 1641. (19 ANS.)

Janvier. — Ordonnance de police du lieutenant civil défendant à ceux qui sont en service de porter épées, dagues ni pistolets à la suite de leurs maîtres, et particulièrement à l'Hostel de Bourgongne, Marais du Temple et autres lieux où sont permis les divertissements publics de la comédie.

L. 14 — Le soir, représentation dans l'hôtel de Richelieu (Palais-Cardinal) de *Mirame*, pièce composée par le Sr Desmarets pour l'inauguration de la grand'salle.

15 — Achevé d'imprimer *Horace*. 4°. Courbé.

Février. Gassendi à Paris.

Fille géante à la foire Saint-Germain.

J. 7 — Contrat de mariage du duc d'Anguien (grand Condé) et de Mlle de Maillé-Brézé (nièce de Richelieu), au Louvre. — On donne, à cette occasion, au Palais-Cardinal, la *Prospérité des armes de la France*, ballet de 36 entrées, en 5 actes.

L. gras 11 — Mariage du duc d'Anguien.

14 — Ballet de *la Prospérité* dansé derechef au Palais-Cardinal.

Mars. Gassendi chez Luillier : Chapelle, Bernier, Cyrano, Hesnault ?

5 — Poquelin père vend la maison de Saint-Ouen à Laurent Regnault 6,400 liv.

J. 7 — Au Palais-Cardinal, en présence de S. E. tragédie latine représentée par les Écoliers des P. P. Jésuites de Paris. Sujet : *Enfants des Rois de Danemark et d'Holsace* (Acteurs : le prince de Conti, âgé de 13 ans, le jeune duc de Nemours, etc.).

J. 14 — Ballet de *la Prospérité* au Palais-Cardinal.

17 — Convoi de G. Buffequin.

M. 16 avril. Lettres patentes du Roy Louis XIII en faveur des Comédiens, données à Saint-Germain-en-Laye.

M. 24 — L'édit ou déclaration du 16 avril est enregistré au Parlement (Président Le Boulanger, prévôt des marchands).

27 — La Fontaine reçu à l'institution de l'Oratoire.

J. 9 mai. Ascension. 1re messe célébrée à l'église Saint-Louis achevée, par Richelieu en présence de LL. MM. et de Monsieur.

2 — La *Guirlande de Julie* est présentée à Mlle de Rambouillet, pour sa fête.

7 et 8 juin. Vauselle et Anne Gobert, prisonniers à Vincennes, sont interrogés sur la conspiration de Sedan.

7 juin. Mort de Mme Des Loges (Marie Bruneau) à 57 ans.

17 — Le marquis de Fontenay-Mareuil part pour son ambassade à Rome.

25 — Georges Pinel, m^e écrivain à Paris, reconnaît devoir 172 livres à J. Poquelin père.

3-5 juillet. Procès au Parlement des ducs de Bouillon et de Guise.

6 — Bataille de la Marfée : mort du comte de Soissons ; M. de Modène blessé.

26 — Reddition d'Aire.

6 septembre. Guise, condamné à mort, trouve un refuge à Bruxelles.

21 — *Te Deum* pour la prise de Bapaume. Feux de joie.

26 — *Te Deum* pour la prise de Coni.

28 octobre. La Fontaine envoyé au séminaire de Saint-Magloire.

9 décembre. Mort, à Londres, d'Antoine Van Dyck, âgé de 42 ans.

21 — Mort de Sully, à 82 ans.

———

J.-B. prend ses licences à Orléans ou Bourges ?
La *Mort de Pompée*, tr. de P. Corneille.
La *Juste Vengeance*, tr.-com. de du Teil.
Méléagre, tr. de Benserade.

Une *Poésie* de T. Corneille obtient le prix du Miroir, au concours des Palinods de Rouen.

Démolition de l'Hôtel de Nevers, acheté par M. de Guénégaud.

✄

ANNÉE 1642. (20 ANS.)

—

Légitimation de Chapelle.

L. 13 janvier. Mort du duc d'Epernon, à Loches.

M. 14 — Léonard Aubry à Fontainebleau.

VOYAGE DE NARBONNE (27 janvier, 23 juillet).

27 — Le Roy, parti de Saint-Germain, couche à Chilly.

28 — Le Roy à la Maison Rouge et Fontainebleau.

30 — Richelieu couche à Juvisy.

3 février. Le Roy quitte Fontainebleau et couche à Nemours.

4 — Montargis.

5 — Briare. — 6, Cosne. — 7, La Charité. — 9, Nevers. — 10, Saint-Pierre-le-Moutier. — 11, Moulins.

Monsieur donne le bal et la comédie italienne

à Mademoiselle dans le palais de Luxembourg, où il demeure.

13 février. Varennes. — 14, La Palisse. — 15,
Roanne. — 16, Tarare.

17 — Lyon. Entrée solennelle du Roy.

18 — Naissance à Rouen de Marie Desmares (la
Champmeslé).

23 — Vienne en Dauphiné.

24 — Saint-Vallier. — 25, Valence.

27 — Montélimar (Poquelin père est à Paris,
acte dudit jour).

28 — Bagnols.

1er mars. Montfrin.

2 — Nîmes. — 3, Lunel.

A Paris, chûte du Pont-Rouge.

7 — Montpellier. — 8, Pézenas. — 9, Béziers.
— 10, Narbonne. — 13, Agde.

1er avril au 3o juin. Trimestre affecté au service
par quartier de J. Poquelin père (et de
J.-B. à survivance) comme tapissier du
Roy, à 3oo liv. de traitement.

Troupe de comédiens en Languedoc (Madeleine Béjart?)

D. 2o avril. Pâques.

L. 21 — Sigean (Martin-Melchior Dufort).

22 — Laucate et Pia.

23 — Prise de Collioure.

26 — Au camp devant Perpignan.

Siège de Perpignan, repris sur les Espagnols (maréchal de la Meilleraye).

Mai. Etats à Béziers. — Monsieur à Bourbon.

23 — Richelieu à Narbonne, dicte son testament.

Campagne et conquête du Roussillon.

2 juin. Mariage du duc de Longueville avec Mlle de Bourbon.

10 — Richelieu à Arles ; le Roy à Sigean.

11 — Richelieu part pour Tarascon.

12 — Le Roy à Narbonne. Conspiration espagnole. Arrestation de Cinq-Mars et de Thou.

13 — Le Roy à Béziers.

14 — — Marsillan.

15 — — Frontignan.

16 — — Péraut.

24 — — Montfrin : comédies et bals.

Le marquis de Cinq-Mars d'Effiat est prisonnier dans la citadelle de Montpellier ; de Thou et Charogune dans celle de Tarascon.

1er juillet. Tarascon.

3 — Séjour à Lunel (Poquelin père à Paris).

La Reine mère meurt à Cologne, à 69 ans.

7 — Le Roy à Lyon. — 13, La Breslè. — 14, Saint-Saphorin.

15 — Roanne.

17 juillet. Le prince de Conti prend possession de son abbaye de Saint-Denis.

23 — Retour du Roy par Nemours. Fontainebleau.

5 août. Le Roy quitte Fontainebleau.

•10 — M. Olier est curé de Saint-Sulpice.

12 — Le Roy à Versailles.

13 —   — à Saint-Germain.

20 —   — à Chantilly, par Versaillles.

29 —   — à Verbris. — 30, Nanteuil.

2 septembre. Richelieu à Monceaux.

4 — Cinq-Mars transféré à Lyon (Pierre-Encise).

5 — Prise de Perpignan.

V. 12 — Cinq-Mars et de Thou décapités sur la place des Terreaux, à Lyon.

16 — Richelieu se propose de passer l'hiver à Ruel.

7 octobre. Bataille de Lérida.

11 au 15 — Le Roy à Fontainebleau.

17 — Le Roy à Paris (*Te Deum*) part pour Livry.

— — Richelieu, malade, arrive à Fontainebleau. Le Roy s'établit au Palais-Royal.

17 novembre. Comédie chez le cardinal de Richelieu.

J. 4 décembre. Mort du cardinal de Richelieu, à 57 ans.

S. 6 — A 9 h. *du soir*, obsèques de Richelieu.

9 décembre. Le chancelier Séguier protecteur de
l'Académie.

—

L'église Saint-Eustache est achevée par Ch.
David (le portail est de 1754).

Le Menteur, com. de P. Corneille.

La Pucelle d'Orléans, tragédie de Benserade.

1er volume de la *Cassandre* de La Calprenède.

La Fontaine sort du séminaire de Saint-Magloire.

L'hôtel de Guénégaud construit par F. Mansart.

Guillot-Gorju quitte le théâtre et exerce la
médecine à Melun.

Les Galantes Vertueuses, tr. de N. Desfontaines,
in-12, Avignon.

Le Page disgracié, 2 vol. de Tristan, in-12,
Quinet.

☞☜

ANNÉE 1643. (21 ANS.)

—

6 janvier. J.-B. renonce à la survivance et reçoit
de son père 630 liv. (en avance d'hoirie

ou sur la succession de sa mère ?). Quittance.

18 janvier. Achevé d'imprimer *Cinna*.

20 — Service du feu cardinal à Notre-Dame : J. de Lingendes prononce son oraison funèbre.

Février. Mort du père Béjart (acte à retrouver, comme celui de la naissance d'Armande et du décès de la Françoise née en 1638).

D. 8 — Mariage, à Sainte-Croix de Lyon, de F. de la Court et Madeleine Dufresne. (Présents : Ch. Dufresne, N. Desfontaines et P. Réveillon.)

L. gras 16 — L'Académie se réunit à l'hôtel du chancelier Séguier.

M. 10 mars. Avis de parents et conseil de famille relatifs à la succession de J. Béjart père.

Jeudi-Saint 2 avril. La Cour à Saint-Germain, lavement des pieds par le Dauphin.

21 — Baptême du Dauphin à Saint-Germain-en-Laye, dans la chapelle du vieux château. Parrain : le cardinal Mazarin ; marraine : la princesse de Condé.

J. 14 mai. Ascension. Anniversaire de la mort de Henry IV. Mort du Roy Louis XIII au Château-Neuf de St-Germain-en-Laye, 41 ans.

L. 18 — Lit de Justice au Parlement. Anne d'Autriche déclarée Régente.

M. 19 mai. Bataille de Rocroi.

26 — Service, et oraison funèbre du feu Roy à Saint-Germain-l'Auxerrois.

2 juin, 10 h. 1/2. Service pour le Roy à Saint-Jean-en-Grève.

10 — Marie Hervé renonce à la succession de Joseph Béjart.

18 — Siège de Thionville.

M. 30 — Contrat d'Association de l'*Illustre Théâtre* (pour conservation de la troupe des Enfants de famille). 10 sociétaires :

> Denis Beys.
> Germain Clérin.
> J.-B. POQUELIN.
> Joseph Béjart.
> Nicolas Bonenfant.
> Georges Pinel.
> Madeleine Béjart.
> Madeleine Malingre.
> Catherine Desurlis.
> Geneviève Béjart.

Le tripot de *la Perle*.

J.-B. demeure rue de Thorigny, près du théâtre du Marais, que Floridor quitte à ce moment pour passer à l'Hôtel de Bourgogne.

29 juillet. Naissance de Henri-Jules de Bourbon, fils du grand Condé.

6

1er août. G. Pinel souscrit une obligation de 160 liv. au profit de J. Poquelin père.

22 — Prise de Thionville.

27 — Contrat portant vente et obligation au profit de Marie Hervé de 500 liv. par Laurent Pothonnier, bourgeois de Paris.

12 septembre. Bail du Jeu de Paume du *Métayer* (May estayé) sur les fossés de Nesle, (10, 12 et 14 de la rue Mazarine actuelle) au faubourg Saint-Germain, pour trois années, moyennant 1900 liv. par an. Noël Gallois, me paumier.

J.-B. demeure rue de la Perle.

18 — Ach. d'imp. *Alcidiane*, ou les quatre Rivaux, tragédie de Desfontaines, dédiée à Mlle de Chasteauneuf.

7 octobre. La Régente quitte le Louvre et vient avec ses deux fils habiter le Palais-Cardinal, qui prend le nom de *Palais-Royal*. — Démolition de l'hôtel de Sillery.

— — *L'Illustre Théâtre* à Rouen : Catherine Bourgeois, nouvelle associée.

15 — Emprisonnement de Pierre Béjart.

20 — Achevé d'imprimer *Polyeucte*.

23 — Foire de Saint-Romain.

31 — Promesse de 4 joueurs d'instruments à la troupe.

* Mardi 3 novembre. A Rouen. La troupe donne

procuration pour presser les travaux du *Métayer*.

9 décembre. Mort du musicien Boësset de Ville-dieu.

L. 28 — Marché passé entre Léonard Aubry, m^e paveur, et l'*Illustre Théâtre* protégé par S. A. R. Gaston duc d'Orléans, rési-dant à Luxembourg.

———

Bélisaire, de Rotrou.

La Mort de Pompée et *Le Menteur*, au Théâtre du Marais.

Ibrahim ou l'Illustre Bassa, tr.-com. de Scu-déry.

Les Scudéry à Marseille.

Le Sueur entreprend la *Vie de Saint Bruno* pour le petit cloître des Chartreux.

G.-B. Andreini (*Lelio*) fait son hommage en vers à la Reine pour l'avènement du jeune Roy.

Mort de l'abbé de Saint-Cyran.

৵৩

ANNÉE B. 1644. (22 ANS.)

—

V. 1ᵉʳ Janvier. Ouverture de l'Illustre Théâtre, aux fossés de Nesle. Bientôt entretenu par Gaston, frère du feu Roy, il joue la *Mort de Chrispe* et la *Mort de Senèque*, tragédies de Tristan, le *Scœvole* de Du Ryer, *Perside*, dédiée au duc de Guise, *Saint Alexis* ou *l'Illustre Olympie* et l'*Alcidiane* de Desfontaines.

V. 15 — de 9 à 10 h. du soir, incendie du Jeu de paume des Marais, où jouaient « les petits comédiens », dont Jodelet.

13 février. M. de Modène vend la Souquette aux Vauselle.

D. 27. mars. Pâques.

16 février. Achevé d'imp. la *Mort de Pompée*.

14 avril. Promesse d'Alexandre Sorin, médecin de la Faculté d'Angers, à Marie Hérvé, de guérir son fils aîné Joseph Béjard du bégaiement en 20 ou 24 jours, moyennant 200 liv. — Engagement N. Desfontaines.

Mai. Séjour de six semaines d'Anne d'Autriche à Ruel, chez la duchesse d'Aiguillon.

28 juin. Engagement du danseur Daniel Mallet,

de Rouen. J.-B. signe pour la 1re fois
« DE MOLIÈRE ».

1er juillet. Déclaration des comédiens de l'Illustre
Théâtre, dont Philippe Millot, modifiant
le contrat de société.

11 — Mort d'Agnès Mazuel, grand'mère pa-
ternelle.

28 — Le jeune prince de Conti, âgé de 15 ans,
soutient publiquement ses thèses de philosophie au collège de Clermont, en présence
du prince et de la princesse de Condé et
de Mazarin; il est reçu maître ès arts le
3 août.

29 — Prise de Gravelines.

Retour en France du duc de Guise.

2-4 août. Bataille de Fribourg.

J. 4 — Mariage, à Saint-Gervais, du marquis de
Sévigné et de Marie de Rabutin-Chantal.

10 — Voiture assiste, à Saint-Sulpice, au baptême d'une fille de Balthasar Baro.

29 — Reddition de Spire.

Gaston d'Orléans et Guise devant Gravelines.

Te Deum à Notre-Dame pour la prise de Gravelines par le duc d'Orléans.

9 septembre. Obligation des Comédiens de l'Illustre Théâtre à Louis Baulot, S^r d'A-
cigny, pour 1100 liv.

— — Le Roy à Fontainebleau.

12 septembre. Siège de Philipsbourg.

14 — Comédie à Vitry, devant le Roy et toute la Cour : l'un des acteurs, Bertou, contrefait le mort et trépasse réellement.

19 octobre. Privilège de *la Mort de Senèque*.

25 — Le Roy quitte Fontainebleau.

31 — Achevé d'imp. *le Menteur*, 4°, Maurry.

5 novembre. La Reine d'Angleterre à Paris. Réception.

17 décembre. 1ʳᵉ obligation des Comédiens de l'Illustre Théâtre à François Pommier, de 300 liv.

— — 2ᵉ obligation des mêmes au même, de 1700 liv.

— — Accord entre les Comédiens de l'Illustre Théâtre.

19 — Désistement au bail du Jeu de Paume du Métayer.

M. 20 — Marché passé entre Antoine Girault, mᵉ charpentier, et les comédiens de l'Illustre Théâtre, pour remonter le théâtre à la Croix-Noire, et remettre le Métayer en état.

Bail du Jeu de Paume de la Croix-Noire, rue des Barrés (à retrouver).

—

Rodogune, de P. Corneille, à l'Hôtel de Bourgogne.

Perside ou *la Suite de l'Illustre Bassa*, tr. de N. Desfontaines.

La Folie du Sage, tr. de Tristan.

Esther, tr. de Du Ryer (H. de B.).

Axiane et *Arminius*, trag.-com. de Scudéry.

La Suite du Menteur, c. de P. Corneille.

L'Illustre Théâtre de M. Corneille, Leyde, in-12.

Rodogune, tragédie de G. Gilbert.

Les Chevilles de Me Adam, menuisier de Nevers, pet. in-4°, Quinet.

Dictionnaire géographique, historique, etc. par Juigné-Broissinières, sieur de *Mollière*.

Recueil de Sercy (Loix de la galanterie).

L'abbé de Marolles commence sa collection d'images en taille-douce.

Dernier volume du *Mercure françois* (1605).

La Reine d'Angleterre se réfugie en France.

⚮

—

Molière dirige l'Ill. Th. au Port Saint-Paul. Jeu de Paume de la *Croix-Noire*, rue des Barrés et quai des Ormes, près le couvent de l'*Ave-Maria*; il demeure au coin de la rue des Jardins-Saint-Paul.

D. 8 janvier. Ouverture de la *Croix-Noire.*

— — *La Folie du Sage*, trag.-com. de Tristan, paraît chez Quinet.

10 — *La Mort de Senèque*, tragédie de Tristan, achevée d'imprimer chez Quinet.

M. 7 février. Fête chez Monsieur, à Luxembourg: comédie française et bal.

M. 28 mars. Comédie italienne : le Capitan et Scaramouche.

31 — Obligation de Molière à Jeanne Levé, marchande publique, femme de Michel Lecomte, me paumier, pour 291 liv.

1er avril: Le jeune Roy pose la première pierre de la nouvelle abbaye du Val-de-Grâce.

D. 16 — Pâques.

Monsieur à Bourbon : N. Desfontaines.

19 mai. Sentence des requêtes du Palais à la re-quête de Pommier. Lettres de répit.

20 juin. Sentence qui adjuge à Jeanne Levé les intérêts de la somme prêtée à Molière.

27 — Contrat de mariage Montausier.

M. 4 juillet. M. de Montausier épouse, à Ruel, Mlle de Rambouillet (Julie d'Angennes): sérénade des vingt-quatre violons.

11 — Privilège d'*Artaxerce*.

J. 13 juillet. Mort de Mlle de Gournay, fille d'adoption de Montaigne, à 80 ans.

20 — *La Mort de Chrispe*, trag. de Tristan, paraît chez C. Besogne.

— — Achevé d'imprimer *Artaxerce*, tragédie de J. Magnon, représentée sur l'Illustre Théâtre. In-4°, C. Besogne.

Sentence des juges-consuls rendue au profit d'Antoine Fausser, pour fourniture de chandelles.

2-4 août. Molière écroué au Grand-Châtelet pour dettes de son théâtre.

3 — Bataille de Nordlingen (Bavière); Mercy tué, Condé blessé.

5 — Molière mis en liberté sous caution. Aventure du « meunier à l'anneau », à la Grève.

13 — Obligation à Léonard Aubry, signée seulement par 5 des fondateurs de l'Illustre Théâtre.

17 — Baptême de La Bruyère.

5 septembre. Lit de Justice.

11 — Louis XIV à Fontainebleau jusqu'au 23 octobre.

20 — Mort, rue des Prouvaires, de Samuel Cyrano, conseiller du Roy et trésorier de ses aumônes.

26 — Mariage de Louise-Marie de Gonzague

avec le Roy de Pologne, Ladislas Sigis-
mond IV.

27 septembre. Comédie à Fontainebleau.

30 — Achevé d'imp. la *Suite du Menteur*.

2 octobre. Baptême d'une nièce, Marie, fille de
Nicolas Poquelin.

D. 29 — Entrée des ambassadeurs Polonais par
la porte Saint-Antoine. La Reine les reçoit
à Fontainebleau.

J. 14 décembre. La *Finta pazza*, de Giulio Strozzi,
représentée dans la grand'salle du Petit-
Bourbon par la troupe italienne de Giu-
seppe Bianchi, entretenue par S. M. (Machines de Giacomo Torelli.)

29 — M. d'Epernon à Agen.

—

A Bordeaux? (M. d'Epernon, gouverneur de
Guienne).

Ballet de l'*Oracle de la Sybille de Pansoust*,
dansé au Palais-Royal et à Luxembourg, in-4°.

L'*Illustre Comédien* ou *le Martyre de Saint-
Genest*, de N. Desfontaines (ach. d'imp. le 8 mai).

Théodore, tr. de P. Corneille.

Le grand Selim, tr. de Le Vayer de Boutigny.

Bérénice, tr.-c. de Du Ryer.

La Sœur, c. de Rotrou.

Gassendi professe au Collège de France.

Mort de Sublet des Noyers, secrétaire d'Etat à la Guerre.

Construction de l'hôtel de Chevreuse, rue Saint-Dominique.

Lulli amené en France par le chevalier de Guise.

Ballet à 7 entrées, imp. à Agen, 4°, Goyau.

⌘

ANNÉE 1646. (24 ANS.)

—

7 Janvier. Sentence du Châtelet (affaire Amblard, 545 liv.).

22 — Comédiens de S. A. R. à Lyon.

Février. *Akébar, roi de Mogol,* tragédie lyrique de l'abbé de Mailly, représentée au palais épiscopal de Carpentras (1er opéra représenté en France).

19 — Privilège de *Papire* ou *le Dictateur romain.*

Mars. M. d'Epernon à Paris.

D. 1er avril. Pâques. Scarron arrive au Mans prendre possession de son bénéfice : l'évêque Lavardin.

28 — Achevé d'imprimer le *Dictateur romain,*

d'André Maréchal, dédié au duc d'E-
pernon.

La Cour à Compiègne.

26 mai. Th. Corneille reçu licencié ès lois, à Caen.

28 juin. Siège et prise de Courtray.

10 juillet. Le prince de Conti soutient en Sorbonne ses premières thèses de théologie.

— — Le Roy à Fontainebleau jusqu'au 7 octobre.

4 août. Privilège du *Josaphat* de D. L. T. imp.
à Toulouse, chez F. Boude.

18 — Ballet dansé chez M. Hesselin, à Essonne,
devant la Reine d'Angleterre et le prince
de Galles.

24 — M. d'Epernon à Agen.

31 — Privilèges de *Scévole* et de *Josaphat*.

Septembre. Mort de Faret, académicien.

Octobre. Départ pour Rome du duc de Guise
(Henri de Lorraine), accompagné du baron
de Modène, gentilhomme de sa chambre.

11 — Prise de Dunkerque.

12 — Achevé d'imprimer *Josaphat*, trag. de Magnon, dédiée au duc d'Epernon.

D. 14 — Ballet dansé chez M. Hesselin, à Paris,
devant l'ambassadeur de Suède.

31 — Achevé d'imprimer *Théodore*.

D. 4 novembre. Catherine Bourgeois s'acquitte
envers François Pommier de 120 liv. pour
sa part dans l'obligation du 17 déc. 1644.

24 décembre. Poquelin père cautionne son fils pour la dette Léonard Aubry.

26 — Mort du prince de Condé.

28 — Mort de François Maynard.

—

Troupe du duc d'Epernon à Bordeaux. Château de Cadillac. Agen, Nanon de Lartigue. Carrousel.

A Toulouse, au logis de l'Ecu, rue du Poids-de-l'Huile, derrière le Capitole : l'avocat-poète Goudouli (Goudelin), âgé de 67 ans.

Prise de Mardick.

Siège de Lens. Mort du maréchal de Gassion.

Chapelle enfermé à Saint-Lazare.

Méchants vers contre le Roy à l'occasion des machines des comédiens italiens, attribués à Sarrazin, qui est mis à la Bastille.

Le Véritable Saint-Genest, de Rotrou.

Du Ryer reçu à l'Académie.

Théoclée, ou *la Vraie philosophie des principes du Monde,* 1er ouvrage de Cotin.

La *Porcie romaine,* tragédie de Boyer.

L'église Notre-Dame de Lorette est bâtie.

Le Sueur termine son vingt-cinquième panneau de la *Vie de saint Bruno.*

Gaston d'Orléans pose la première pierre de la nouvelle église Saint-Sulpice (de Gamart).

Rodogune, tr. de Gilbert (ach. d'imp. 13 février).

☷

ANNÉE 1647. (25 ANS.)

—

2 janvier. Achevé d'imprimer *Scévole*.
Troupe du duc d'Epernon à Toulouse.

22 — P. Corneille reçu à l'Académie.

31 — Achevé d'imprimer *Rodogune*, de P. Corneille.

M. gras 5 mars. *Orfeo* sur le théâtre du Palais-Royal, devant le Roy. Décorations de Torelli.

Avril. *La Mort d'Asdrubal*, tragédie de Montfleury, paraît in-4°, avec portrait de l'auteur.

5 — Condé, se rendant en Catalogne, est reçu à Montpellier par M. d'Aubijoux dans l'hôtel du président d'Atgel.

12 — Bussy-Rabutin à Valence.

D. 21 — Pâques. — Monsieur à Bourbon.
Guise et Modène à Rome. Ambassadeur: M. de Fontenay-Mareuil; secrétaires: Montreuil et Félibien; un comédien de S. A. R.,

converti par M. Olier, fait partie de sa maison. — P. Mignard, Poussin, l'abbé Arnauld.

11 mai. *Sémiramis*, tragédie de Desfontaines, achevée d'imprimer.

31 — D'Epernon à Agen.

17 juin. Privilège du *Polyandre*, de Sorel.

18 — Levée du siège de Lérida.

28 — Achevé d'imprimer *Héraclius*, 4°, Quinet.

D. 7 juillet. Révolution de Naples.

M. 16 — Meurtre de Masaniello.

S. 27 — Entrée à Albi du comte d'Aubijoux, lieutenant-général pour le Roy en Languedoc.

Août–sept. A Albi. Troupe du duc d'Epernon.

16 sept. – 19 oct. Le Roy à Fontainebleau.

Octobre. A Carcassonne. Quittance de 500 liv. signée : Du Fresne, Du Parc et Réveillon.

20 — Achèvement du Pont-au-Change, bordé de maisons.

24 — La République de Naples appelle le duc de Guise.

30 — Bal donné au Landgrave de Hesse dans la grande salle des comédies.

11 novembre. Le Roy a la petite vérole.

25 — Guise débarque à Naples.

23 décembre. Guise déclaré, pour une année, duc et chef suprême de la ville et république de Naples.

Le père Poquelin est juré et garde de la communauté des marchands tapissiers.

Le *Jodelet soufflelé*, c. de Scarron, au théâtre du Marais.

Les Engagements du Hasard, première comédie de T. Corneille, à l'H. de B.

La Grande journée des machines ou le *Mariage d'Orphée et d'Euridice*, au théâtre du Marais (la Desurlis).

Scaramouche joue *Il medico volante*.

Remarques de Vaugelas *sur la langue française*.

Boisrobert publie la 1ᵉ partie de ses *Epitres en vers*.

La Comédie des Filoux, de l'Estoile.

La Sœur généreuse, trag.-comédie de Boyer.

Venceslas, tr. de Rotrou.

Cléopâtre, roman de La Calprenède.

∞

ANNÉE B. 1648. (26 ANS)

—

1ᵉʳ février. Première assemblée de l'Académie de peinture.

13 — Ouverture des États à Carcassonne.

28 février. Guise à Naples. Modène arrête comme espion de D. Juan d'Autriche. Prison de M. de Modène.

6 mars. Entrée de Condé à Dijon.

15 — Achevé d'imprimer _Polyandre_, histoire comique, de Sorel, 2 vol. 8°, Courbé.

L. 6 avril. Guise trahi. Les Espagnols entrent à Naples. Défaite. Captivité au Château de Gaëte.

D. 12 — Pâques. — M. d'Epernon à Montauban.

J. 23 — A Nantes, troupe de Ch. Dufresne. Molière et les marionnettes du vénitien Segalla. Maladie du maréchal de la Meilleraye, gouverneur.

12 mai. Achevé d'imprimer _Venceslas_, de Rotrou.

L. 18 — A Nantes, baptême d'Isabelle. Réveillon ; signatures des Béjart. Représentation au profit de l'hôpital.

26 — Mort de Voiture.

29 — Clôture des États à Carcassonne.

— — Prise d'Ypres.

9-15 juin. A Fontenay-le-Comte en Poitou. Poitiers. Châteauroux.

Limoges ?

Angoulême. Les Montausier ; le poète Martin, conseiller au présidial.

8

S. 4 juillet. Mort de Guillot-Gorju, à 48 ans, rue Montorgueil ; inhumé le D. 5, aux Innocents.

20 août. Victoire de Lens.

M. 26 — *Te Deum* à N.-D. pour la victoire de Lens. Arrestation des conseillers Broussel et Blancmesnil. Journée des Barricades. Guerre civile. — Émeutes à Bordeaux.

27 — Emeute à l'hôtel de Luynes. Vol et sacrilège à Saint-Sulpice.

D. 6 septembre. Purification de l'église Saint-Sulpice : procession, le nonce du pape.

15 — Le Roy et le Cardinal partent à Ruel, à 6 heures du matin.

22 — Députation du Parlement à Ruel, le premier président Molé en tête.

23 — Défense au Parlement de s'assembler ; — nombre de personnes quittent Paris.

24 — La Reine quitte Ruel pour Saint-Germain.

24 octobre. Déclaration royale de Saint-Germain, lue au Parlement.

— — Le traité de Westphalie, signé à Munster et Osnabruck, termine la guerre de Trente-Ans et donne l'Alsace à la France.

31 — Gassendi à Lyon.

30 novembre. Gassendi à Tarascon.

27 décembre. *Ulysse dans l'île de Circé*, ou Euriloche foudroyé, pièce à grand spectacle,

de l'abbé Boyer, au théâtre du Marais, par les comédiens entretenus par LL. MM.

—

Elégie du P. Le Moyne, de la Cie de Jésus, à Mgr le prince de Conti sur sa sortie du Collège de Clermont, après 10 ans d'études.

Tristan et Mézeray reçus académiciens.

Le Barbon, de Balzac.

Mazarin institue l'Académie Royale de Peinture et Sculpture.

Colbert est conseiller d'Etat.

Mort de Nicolas Pocquelin, oncle paternel.

Le Feint Astrologue, de T. Corneille à l'H. de B.

Mithridate, roman de Le Vayer de Boutigny.

Sonnets de Job et d'Uranie, de Voiture et de Benserade.

☖

ANNÉE 1649. (27 ANS.)

—

6 janvier. Épiphanie. Le Roy sort de Paris et va à Saint-Germain. — Frondeurs et Mazarins.

8 — Le prince de Conti, engagé dans les premiers troubles de Bordeaux et de la

Guienne, arrive à Paris. — Arrêt du Parlement, frappant Mazarin de proscription.
Chapelle à Montpellier.

S. 30 janvier. Charles Ier, roi d'Angleterre, est
décapité à Londres.

8 février. Mort de Mme de Modène (Marguerite
de la Baume). — Attaque de Charenton.

V. 5 mars — J. 11. Conférences au château de
Ruel.

V. 12 — Paix signée à Ruel.

30 — Naissance de Louise Jacob Montfleury.

D. 4 avril. Pâques.

✶ Mai. A Toulouse, avec Ch. Dufresne. Joué et
fait au Capitole une comédie à l'arrivée
en cette ville du comte de Roure, lieutenant-général pour le Roy en Languedoc.

D. 16 — Paiement de 75 liv. par les Capitouls.

1er juin. Ouverture des Etats de Languedoc, à
Montpellier, par le comte de Roure.

— — L. Aubry, remboursé, donne quittance dé-
finitive.

Juillet. *La Custode du lit de la Reine,* mazarinade
imprimée par Morlot.

Guérin du Bouscal à Castres.

La Cour à Compiègne.

4 juillet. Poquelin père paie 125 livres sur la
créance Pommier.

M. 18 août. Le Roy revient à Paris.

10 août. Funérailles de Pierre Goudouli, à Toulouse.

19-21 — Mariage de J,-B.ᵉ Pocquelin avec Anne de Faverolles.

Octobre. Descartes s'embarque pour Stockholm.

12 — Privilège du *Dessein d'Andromède*.

21 — Thomas Corneille reçu avocat.

— — Molière écrit à Poitiers pour demander au maire d'y passer deux mois.

23 novembre. Clôture des Etats à Montpellier.

    D'Epernon à Cahors.

21 décembre. N. Desfontaines est parrain à Carcassonne ; marraine, Victoire de la Chappe.

26 — Ch. Dufresne et Madeleine Béjart parrain et marraine à Saint-Paul de Narbonne.

———

L'*Héritier ridicule* (ou la Dame intéressée), comédie de Scarron, est représentée trois fois de suite devant le Roy.

Tome Iᵉʳ d'*Artamène* ou *le Grand Cyrus*, roman de Mˡˡᵉ de Scudéry.

La *Virginie romaine*, tragédie de Le Clerc.

Tiridate et *Aristodème*, tragédies de Boyer.

Mort du peintre Simon Vouet.

ЖС

ANNÉE 1650. (28 ANS.)

—

★ L. 10 janvier. Molière est parrain à Saint-Paul de Narbonne, de Jean, fils d'Anne***. Marraine : Catherine Du Roset. Présents : Ch. Dufresne et Julien Meindre de Rochesauve.

18 — Le prince de Conti est arrêté, avec Condé et le duc de Longueville, et enfermé à Vincennes, au Havre, puis à Marcoussis.

Andromède, de P. Corneille, représentée sur le théâtre royal de Bourbon par la troupe royale. Musique de Dassoucy.

10 février. Descartes meurt à Stockholm.

D. 13 — Ch. Dufresne à Agen. Le duc d'Epernon.

Mort de Vaugelas.

M. 15 — La Cour des Aides vient reprendre son siège à Agen. Arrivée des officiers. Réjouissances.

J. 17. La Reine mère et le jeune Roy à Rouen.

3 mars. Achevé d'imprimer le *Dessein de la tragédie d'Andromède*.

6 — Le Roy à Melun.

S. 12 — Ballet de Montbrun-Souscarrière, dansé

pour la 2e fois au Palais d'Orléans (Luxembourg).

11 avril. Privilèges *d'Andromède* et de *Don Sanche d'Aragon*.

D. 17 — Pâques.

Mai. Mort du peintre F. Perrier.

Molière à Toulouse ?

J. 12 — 1re *Lettre en vers*, de Loret, à Mlle de Longueville (*Muse historique*).

14 — Achevé d'imprimer *Don Sanche d'Aragon*, de P. Corneille, in-4°, Courbé.

M. 28 juin. Mort de Rotrou, à Dreux, pendant l'épidémie.

1er juillet. Marion de L'Orme meurt à 37 ans, rue de Thorigny.

4 au 18. — Le Roy à Fontainebleau.

23 — Conti à Bourbon-les-Bains.

25. — M. d'Epernon quitte la Guienne.

13 août. Achevé d'imprimer *Andromède*, in-12.

18 — Mazarin à Libourne.

20 — Scarron à Tours. Privilège du *Roman comique*.

Septembre. D'Aubijoux à Bourg.

5-15 octobre. La Cour à Bordeaux.

24 — Ouverture des Etats à Pézenas, par le comte de Bieule.

7-15 novembre. La Cour à Fontainebleau.

D. 13 — A Angers, Jean Rocquelin, « comédien du Roy », et Mlle Melet tiennent un enfant.

15 — Bataille de Rethel.

2 décembre. Mort, à Châtillon-sur-Loing, de la princesse douairière de Condé (Charlotte-Marguerite de Montmorency) âgée de 57 ans.

★ 17 — Molière à Pézenas donne quittance de 4,000 liv. ordonnée aux comédiens par MM. des Etats.

———

La Jalouse d'elle-même, comédie de Boisrobert.

Ulysse dans l'île de Circé, trag.-com. de Boyer, in-4°.

La Comédie des Académistes, de Saint-Evremond.

Traduction de Lucrèce par l'abbé de Marolles.

D. Bertrand de Cigarral, de T. Corneille, à l'H. de B. (Jodelet).

Recueil de Rondeaux, de Cotin.

Naissance de Palaprat, à Toulouse.

Colbert envoyé par Le Tellier en mission auprès de Mazarin.

Cours de philosophie expliqué en tables, par Louis de Lesclache.

Établissement des carrosses de remise.

Scudéry reçu académicien. Retz nommé cardinal.

Les Sosies sont réimprimés sous le titre de : *la Naissance d'Hercule* ou *Amphitryon*, pièce à machines représentée au Marais.

L'Ovide en belle humeur, de Dassoucy.

Le Parasite Mormon, de l'abbé Le Vayer, 8º.

Réimpression, à Lyon, des *Plaidoyers historiques* de Tristan.

ЖC

ANNÉE 1651. (29 ANS.)

—

Foire Saint-Germain : Jeu de Paume de la Croix-Blanche ?

S. 14 janvier. Clôture des Etats à Pézenas.

— — Contrat de Mariage d'André Boudet avec Marie-Madelaine, sœur de Molière.

D. 15 — Mariage à Saint-Eustache de la sœur de Molière.

13 février. Le jeune prince de Conti délivré par Mazarin.

J. 16 — Retour des princes après treize mois de captivité. Réjouissances publiques. Bal, *comédie* et musique chez Monsieur.

J. 2 mars. Le ballet de *Cassandre*, dansé au Palais-Royal.

9

L. 6 mars. Comédie chez M. Jamin.

V. 10 — Ballet de Montbrun-Souscarrière dans la petite salle.

12 — Privilège d'*Andromède*, in-4°.

D. 26 — Le jeune Roy, âgé de 12 ans, figure dans la *Mascarade de Cassandre*, ballet de Benserade, au Palais-Cardinal.

D. 9 avril. Pâques.

★ V. 14 — Molière à Paris. Reconnaissance des sommes reçues de son père.

J. 27 — Mort de l'académicien Jean de Montreuil.

Mai. D'Epernon gouverneur de Bourgogne.

M. 2 et J. 4 — Les *Fêtes de Bacchus*, ballet du Roy, par Benserade, au Palais Cardinal.

3 — *Ballet de 12 Entrées*, dansé à Agen.

10 — L'abbé Tallemant reçu académicien.

L. 12 et J. 15 juin. Ballet du Roy des *Festes de Bacchus* dansé dans le jardin du Palais-Royal.

   Le Roy à Ruel. Gaston et Mademoiselle à Limours.

J. 22 — *Ballet des fêtes*, par le bailli de Souvré, chez Renard.

Juillet. Colbert nommé intendant de Mazarin.

L. 31 — Ouverture des Etats à Carcassonne, par le comte d'Aubijoux.

D. 6 août. Naissance de Fénelon.

M. 8 août. Au collège des Jésuites, tragédie latine et ballet, devant la Reine et ses deux fils.

M. 9 — Comédie et Ballet à Issy, chez **M.** Tubeuf : le Roy, la Reine.

13 — Achevé d'imprimer *Andromède*. Rouen, L. Maury, in-4°. 5 figures de F. Chauveau, d'après Torelli.

7 septembre. Le Roy est déclaré majeur et tient un lit de justice au Parlement.

15 — 1re partie du *Roman Comique* de Scarron, 2 vol. in-8°, chez Quinet.

27 — au 2 octobre. Le Roy à Fontainebleau.

Octobre. Mort de la comtesse de Moret, à Vardes.

Novembre. La Cour à Poitiers : comédies.

J. 16 — Comédie, bal et concert, chez l'ambassadeur de Venise.

29 — Achevé d'imprimer *Nicomède*, in-4°, Sercy.

Décembre. A Carcassonne, Dassoucy, Frezals.

Mort du comédien Mondory.

—

Le 1er livre de l'*Imitation*, traduite en vers par P. Corneille.

Conti à Bordeaux, guerre civile.

Mémoires sur la vie de Malherbe, par Racan.

Les Charmes de Félicie, pastorale de Pousset de Montauban.

L'Amour à la mode, de T. Corneille, à l'H. de B.

Henriette de France achète la maison de Bas-sompierre au Cours-la-Reine pour les filles de la Visitation Sainte-Marie.

Le pont de la Tournelle emporté par les eaux.
La Bernarde, c. 5 a., 8º, Dijon, J. Thibaut.

ↃଓC

ANNÉE B. 1652. (30 ANS.)

—

4 janvier. Paix de Bordeaux, qui soumet Conti au Roy. Gaston d'Orléans, exilé, se retire à Blois (Chambord, sa maison de plaisance). Mademoiselle à Saint-Fargeau.

10 — Clôture des Etats à Carcassonne.

31 — Le Roy, la Reine et Mazarin à Poitiers : comédies.

D. 4 février. N. Desfontaines meurt à Angers.

6 — Sévigné tué en duel.

22 — Conti à Agen.

Mars. Mademoiselle arrive à Orléans, avec les comtesses de Fiesque et de Frontenac.

20 — La Fontaine est reçu maître particulier triennal des eaux et forêts.

D. 31 mars. Pâques.

L'Hôpital des Foux, tr.-c. de Beys.

D. 7 avril. Bataille de Bléneau.

D. 12 mai. Convoi du libraire Toussaint Quinet.

18 — Gravelines reprise par les Espagnols.

Mariage de Paul Scarron et de Françoise d'Aubigné.

1er juin. Arrêt du parlement de Paris relatif à des représentations données dans l'auditoire de Bourbon.

2 juillet. Combat du faub. Saint-Antoine, entre l'armée royale (Turenne), et l'armée frondeuse (Condé). Le canon de la Bastille.

4 — Affaire de l'Hôtel-de-Ville. Incendie et sac.

15 — G. Naudé part pour la Suède.

30 — Duel Nemours-Beaufort.

Août. Le Roy à Pontoise.

9 — Mort du duc de Bouillon.

J. 10 octobre. Comédie de T. Corneille chez Mme de Fiesque, devant Charles de Lorraine et Condé convalescent.

S. 12 — Le Roy à Mantes.

21 — Le Roy, la Reine et Turenne au Palais-Royal.

28 — Arrestation au Louvre du cardinal de Retz, conduit à Vincennes.

11 décembre. Mort de Denis Petau, savant jé-
suite qui professa la théologie à Paris jusqu'en 1644.

★ 19 — Molière à Lyon. Baptême à Sainte-Croix :
Réveillon est parrain.

30 — Pellisson reçu à l'Académie.

—

Pertharite, de P. Corneille, ne réussit pas.

Bernier étudie la médecine à Montpellier.

Le Roy quitte le Palais-Royal pour le Louvre;
Henriette de France l'y remplace.

Procession de la châsse de sainte Geneviève.

Mariage Du Croisy à Saint-Cybar de Poitiers.
Eclipse de soleil.

Lulli, inspecteur général des violons du Roy.

Il Convitato di pietra, de Giliberti, imprimé à
Naples.

Bossuet reçoit le bonnet de docteur et est
nommé chanoine de Metz.

Plan de Paris, par Gomboust.

ANNÉE 1653. (31 ANS.)

—

L. 6 janvier. Les Rois. *Le Cid* chez M. de Montauban, pour Mlle de Schomberg.

V. 7 Février. Rentrée de Mazarin à Paris dans le carrosse du Roy.

M. 19 — Molière, à Lyon, signe au mariage de Du Parc avec la Marquise de Gorle.

D. gras 23 — Ballet royal *de la Nuit*, de Benserade, dansé au Petit-Bourbon par le Roy et Monsieur. (Lulli, Hesselin, Geffroy).

J. 6 mars. 2e représ. dudit ballet.

D. 16 — 3e — —

L. 17 — Ouverture à Pézenas des Etats de Languedoc, par le comte de Bieule.

18-20 — Le Roy à Fontainebleau.

D. 23 — Mort, à Lyon, d'Alphonse-Louis du Plessis de Richelieu, archevêque de Lyon, frère du grand cardinal.

— — *Irène*, tragédie du jeune avocat Claude Basset, secrétaire de l'archevêché : Molière y représente Mahomet II ? On pense qu'il jouait dans un jeu de paume, vers Saint-Paul.

M. Fleurant, l'apothicaire de la rue Saint-Dominique.

Le gouverneur, marquis de Villeroi (Nicolas de Neuville).

1re représentation de L'ÉTOURDI *ou les Contre-temps*, com. 5 actes, en vers.

13 avril. Pâques.

M. 29 — Fête à l'Hôtel-de-Ville de Paris, en l'honneur de Mazarin.

30 — Achevé d'imprimer *Pertharite, roi des Lombards,* tragédie de P. Corneille.

1er au 12 mai. Le Roy à Fontainebleau.

Gassendi et Bernier à Paris.

L. 2 juin. Clôture des Etats, à Pézenas.

D. 29 — Sacre de Camille de Neuville, archevêque de Lyon, à Saint-Jean ; cérémonie accompagnée de *réjouissances publiques.*

L. 30 — La troupe royale représente la pastorale d'*Amaryllis,* à Ruel, chez M. Tubeuf.

V. 4 juillet. La Cour à l'Hôtel-de-Ville : le *Cid* par l'H. de B. et Ballet. Inauguration d'une statue du jeune Roy.

13 — D'Assoucy publie un volume de ses *Œuvres mêlées, Poésies et Lettres,* Paris, L. Chamhoudry, in-12.

24 — Paix de Bordeaux. (Traité Gourville-Candale.) Fin de la Fronde.

29 — G. Naudé meurt à Abbeville, à 53 ans.

2 août. Le prince de Conti quitte Bordeaux pour Pézenas et la Grange-des-Prés, où il arrive le 10.

6 — *Susanna*, tragédie latine du P. Jourdain, représentée au Collège de Clermont devant le jeune Roy, la Reine mère, Charles II et le duc d'York.

D. 10 — Retour à Paris d'une troupe italienne, qui débute au Petit-Bourbon (Scaramouche et Trivelin) : *Il Principe geloso* (le Prince jaloux) de Cigognini.

La peste entre Bordeaux et Béziers.

Septembre. La « troupe de Molière et de la Béjart », étant en Languedoc, est appelée à la Grange-des-Prés. — La troupe rivale de Cormier, bien inférieure « soit par la bonté des acteurs, soit par la magnificence des habits ». — Mme de Calvimont, maîtresse du prince de Conti ; Daniel de Cosnac, 1er gentilhomme de la chambre du prince et intendant de ses plaisirs. Sarrasin est amoureux de la Du Parc ; l'abbé Roquette et Guilleragues ; l'abbé Esprit ; Mathieu de Montreuil ; Gourville, l'abbé de Voisin. La troupe obtient pension et prend le nom de *Troupe de M. le prince de Conti*.

5 — Mort, à Spa, de Claude Saumaise.

10

M. 1er octobre. A Pézenas, chez M. de la Cas-
    sagne.

V. 3 — Naissance de J.-B. Dujardin.

M. 8 — Baptême de Michel Baron.

25 octobre. Mort de Théophraste Renaudot.

★ L. 10 novembre. Molière et sa troupe à Montpel-
    lier, joue dans la maison du président d'Atgel.

M. 16 décembre. Ouverture à Montpellier des
    Etats de Languedoc.

S. 20 — Journée des Madrigaux.

V. 26 — Conti se rend à Paris par Montpellier
    et Vienne.

M. 31 — Id., à Lyon.

Tome 10 et dernier d'*Artamène* ou le *Grand
    Cyrus*.

Les Samedis de la vieille rue du Temple.

—

Dom Japhet d'Arménie, c. de Scarron.

La *Mort d'Agrippine*, tr. de Cyrano Bergerac.

Quinault débute par *les Rivales* à l'Hôtel de
Bourgogne.

Le Berger extravagant et le Charme de la voix,
de T. Corneille, à l'H. de B.

Corneille publie la suite de sa traduction de
l'*Imitation* en vers.

Dioclétian vaincu, tragédie par J. C., est représentée au collège de Rouen.

Sébastien Bourdon, peintre de la reine Chris-
tine à Stockholm (où chante Mlle La Barre), rentre
en France.

Ch. Beys devient borgne et infirme.

L'église Saint-Roch, convertie en paroisse, est
rebâtie sur les dessins de Le Mercier. Louis XIV
pose la première pierre.

L'église de la Sorbonne est achevée.

Fouquet, nommé surintendant, commence les
travaux de Vaux-le-Vicomte (Le Vau, Le Nôtre,
Le Brun).

Cyrano chez le duc d'Arpajon.

Lulli, compositeur de la musique du Roy.

Saint Louis, poème du P. Le Moyne, J., in-4°.

Mort d'Omer Talon.

L'Antimoine justifié, d'Eus. Renaudot.

❦

ANNÉE 1654. (32 ANS.)

—

M. 6 janvier. A Montpellier, église Saint-Pierre,
    baptême d'un enfant Du Jardin, J. B.
    Parrain : Molière ; marraine : Madeleine
    de l'Hermite (voir 3 oct. 1653).

6 février. Cormier à Marseille.

Le prince de Conti à Paris ; il renonce à l'état ecclésiastique.

M. 11 — Le Roy et la Reine à la comédie italienne : Jean Doucet.

L. gras 16 — *Ballet des Vrais moyens de parvenir,* dansé à Lyon.

M. gras 17 — Le Ballet des *Proverbes,* dansé par le Roy au Louvre. Conti.

M. 18 — Mort de Guez de Balzac, à Angoulême.

D. 22 — Le prince de Conti épouse Anne Martinozzi, nièce de Mazarin, et est nommé gouverneur de Guienne.

D. 8 mars. Mlle Du Parc accouche, à Lyon, d'un garçon.

21 — Mort de J.-F. de Gondi, archevêque de Paris.

J. 26 — Mlle Du Parc est marraine à Lyon.

28 — Lit de justice : Condé condamné à mort.

M. 31 — Clôture des Etats, à Montpellier.

D. 5 avril. Pâques. — Retz, archevêque de Paris.

Avril-mai. Le prince et la princesse de Conti à Chilly-Mazarin.

M. 14 avril. Grand ballet royal des *Noces de Pelée et de Thétys,* de Benserade et Bouty, dansé dix fois sur le théâtre du Petit-Bourbon (le jeune Roy y représente un courtisan). Machines de Giac. Torelli.

5 au 13 mai. Le Roy à Fontainebleau.

26 — Conti part en Roussillon.

D. 7 juin. Sacre de Louis XIV à Reims.

16 — Abdication de Christine de Suède. — Bussy-Rabutin à Montpellier.

19 — Conti à Narbonne.

24 juin. Cosnac nommé évêque de Valence. D'Assoucy à Lyon.

6 juillet. Prise de Villefranche.

6 août. Siège et prise de Stenay. Première campagne du Roy.

17 — Achevé d'imprimer l'*Eunuque*, c. 5 a. v., de La Fontaine.

M. 18 — Cyprien Ragueneau de l'Etang meurt à Lyon ; inhumé en l'église Saint-Michel.

25 — Siège d'Arras.

6 septembre. Prise du Quesnoy, par Turenne.

25-26 — Molière à Vienne en Dauphiné ? Nicolas Chorier et Pierre Boissat. L'histoire des places louées à Jérôme Vachier de Robillas, de Septème.

14 — Le père Poquelin cède son fonds de commerce à Jean Poquelin le jeune.

1er octobre. Mme de Sévigné aux Rochers ; le cardinal de Retz en Espagne.

21 — Prise de Puycerda.

3 novembre. Molière à Lyon.

17 — Ballet offert à Conti, à Perpignan.

30 novembre. Conti arrive de Catalogne, à Montpellier.

— — *Ballet du Temps*, dansé par le Roy.

V. 4 décembre. Arrivée à Pézenas de la princesse de Conti, partie de Paris le 30 novembre.

S. 5 — Mort, à Pézenas, du poète Jean-François Sarrasin, âgé de 50 ans, secrétaire des commandements du prince de Conti, qui songe à le remplacer par Molière ; Guilleragues lui succède.

L. 7 décembre. Ouverture à Montpellier des Etats de Languedoc, par le prince de Conti. L'Evêque de Lavaur, président des Comptes.

21 — Vauselle à Ségovie.

D. 27 — Incendie à l'hôtel d'Arpajon.

———

La Mort d'Agrippine, tragédie, et le *Pédant joué*, comédie, de Cyrano, achevés d'imprimer, in-4°, Sercy.

J. Béjart l'aîné fait imprimer un *Recueil des tiltres, qualités, blasons et armes des Seigneurs des Etats généraux de la province de Languedoc tenus en la ville de Montpellier l'an* 1654. In-f°, Lyon. (L'achevé d'impr. est du 31 juillet.)

1er volume de la *Clélie* : La carte de Tendre.

Le livre III de l'*Imitation*, trad. en vers par P. Corneille.

Le pont de la Tournelle reconstruit en pierre.

L'Ecolier de Salamanque, de Scarron, *les Illustres ennemis*, de T. Corneille, et *le Maître Étourdi*, de Quinault, à l'H. de Bourgogne. — *La Comédie sans comédie*, de Quinault, et *le Parasite*, de Tristan, au Marais.

La belle Plaideuse, c. de Boisrobert.

Un Pierre Molière, marchand de vins, est archer de la compagnie du chevalier du guet.

Colbert est secrétaire des commandements de la Reine.

Alaric, poème de Scudéry, in-4°.

Les Chevilles de Mᵉ Adam, nouvelle édition.

Ж

ANNÉE 1655. (33 ANS.)

—

Le *Ballet des Incompatibles* à 8 entrées est imprimé à Montpellier, in-4°.

Janvier. Le bruit court à Paris de la mort de P. Corneille. — L'abbé de Cosnac à Paris.

D. 17 — *Ballet de Psyché*, de Benserade, dansé par le Roy au Louvre.

4 février. *Ballet des Plaisirs*, dansé par S. M.

★ D. gras. 7 février. Ballet des *Incompatibles*, dansé
      à Montpellier.

L. gras 8 — Naissance à Paris de J.-F. Regnard.

18 — A Montélimart, obligation de 3.200 liv.
      par Antoine Baralier, acte Vaudrot.

    Ballet de *Psyché*, de Benserade, dansé au
    Louvre (Mlle de Mancini y représente une
    jeune nymphe).

21 — Comédiens à Narbonne.

22 — A Montpellier, acte Montet : J. Meindre
      de Rochesauve cautionne Baralier.

25 — Ballet chez le maréchal de Grammont.

3 mars. Ballet chez M. Hesselin.

5 — Les Etats accordent 300 liv. à Christophe
    Poliony, dit *Orviétan*, de Rome.

D. 14 — Clôture des Etats de Languedoc à
      Montpellier. La troupe reçoit 8.000 liv.
      pour 4 mois de séjour.

D. 28 — Pâques.

L. 29 — F. de la Cour meurt à Carcassonne, âgé
      de 45 ans.

1er avril. Madeleine Béjart fait un prêt à la pro-
      vince.

8 — Le Roy à Vincennes : comédie, chasses,
      danse.

13 — Le Roy au Parlement, en justaucorps rouge
      et chapeau gris.

28 — Départ de Conti et de la princesse.

J. 29 avril. A Lyon, Molière est témoin du mariage, à Sainte-Croix, de Martin Foulle et Anne Reynis.

D'Assoucy passe 3 mois avec la troupe.

1re de L'Estourdy (v. mars 1653), selon le Registre de La Grange.

1er mai. Mort d'Eustache Le Sueur, à 38 ans; inhumé à Saint-Etienne-du-Mont.

14 — Privilège accordé au Recueil de J. Béjart.

28 — Prise de Cadaquès en Catalogne : Conti.

D. 30 — Le grand ballet des Bien-Venus, dansé à Compiègne, aux noces de la duchesse de Modène.

6 juillet. L'opérateur Gilles Barry à Lyon.

7 — Aux Carmélites, prise d'habit de Mlle d'Arpajon.

31 — Achevé d'imprimer à Lyon du Recueil Béjart, chez Scipion Jasserme.

Août. Dernière maladie de Gassendi.

— — A Avignon (Nicolas Mignard) avec d'Assoucy. Campagne de Catalogne.
Orange ? Orgon, Salon, Aix, Arles, Marseille ?

19 — Au Collège de Clermont, tragédie latine.

L. 6 septembre. Ballet dansé à Essonne, chez M. Hesselin, devant la reine Christine.

M. 7 — Mort de Tristan l'Hermite, à l'hôtel de Guise, âgé de 54 ans; inhumé à Saint-Jean.

11

11-25 septembre. Siège de Palamas.

>Mort de Cyrano-Bergerac, à 36 ans, chez son cousin Pierre Cyrano, à la campagne.

19 septembre-25 octobre. La Cour à Fontaine-bleau : comédiens italiens (Flaminia, Aurélia, Trivelin, Lucile et Marinette) ; *Les Coups de l'Amour et de la Fortune*, par l'Hôtel de Bourgogne. Maladie du Roy.

Octobre. A Pézenas, avec d'Assoucy.

>Lavagnac ; Mèze (auberge du Saint-Esprit, *dite* des comédiens) ; Lunel ; Gignac (2 vers de Molière) ; Marseillan (souscription) ; Agde, Nissan, Montagnac.

1er octobre. J. Racine sort du collège de la ville de Beauvais.

M. 5 — Mort du comédien André Baron.

M. 12 — Mort de l'abbé de Laffemas.

D. 24 — Gassendi meurt à Paris, chez M. Habert de Monmort, à 63 ans. Inhumé à Saint-Nicolas-des-Champs.

25 — Assemblée générale du clergé de France.

J. 4 novembre. Ouverture, à Pézenas, des Etats de Languedoc, par le prince de Conti.

M. 9 — Comédie à l'hôtel de M. d'Alfonce.

J. 11 — Mariage, à Saint-Agricol d'Avignon, de Magdelon Lhermite de Vauselle avec Pierre Fuzelier.

V. 31 décembre. Le Roy assiste, au Petit-Bourbon, à une comédie italienne.

—

Le prince de Conti converti par N. Pavillon, évêque d'Alet, fervent janséniste ; l'abbé Ciron, son confesseur.

Recueil des qualités, armes, blasons, etc. des Etats généraux tenus à Pézenas en 1655, par Béjart l'aîné.

Epitres en vers et *les Hypocrites*, nouvelle, de Scarron (ach. d'imp. 26 octobre).

Première édition des *Rivales*, de Quinault (achevé d'imprimer 1er août).

Le Geôlier de soi-même, ou *Jodelet prince*, de T. Corneille, à l'Hôtel de Bourgogne.

L'Ecolier de Salamanque, ou les Généreux Ennemis, comédie de Scarron.

L'abbé Cotin et la Mesnardière à l'Académie.

Catherine Pocquelin, sœur de Molière, est religieuse visitandine au couvent de Sainte-Marie, à Montargis.

Voyage de Chapelle et Bachaumont.

Anne d'Autriche pose la première pierre de la nouvelle église Saint-Sulpice (Le Vau).

Démolition du Château-Gaillard, sur le quai de Nesle, à la descente du Pont-Neuf, près l'abreuvoir, où Brioché avait établi son théâtre de Marionnettes.

Pontificat d'Alexandre VII (Fabio Chigi).

Conversion de Richesource au catholicisme, à Saint-Sulpice.

Naissance, à Lyon, de Jacques Vergier.

Édit du Roy contre les duels.

GHC

ANNÉE B. 1656. (34 ANS.)

—

L. 10 et M. 12 janvier. *Rodogune* et *Cinna* devant le duc de Modène, pour ses fiançailles.

S. 15 — Privilège accordé à l'abbé d'Aubignac pour la *Pratique du Théâtre*.

D. 16 — Mariage de Jean Pocquelin, frère de Molière.

L. 17 — *Ballet royal de Psyché*, dansé au Louvre.

D. 23 — La première des *Lettres à un Provincial* de Pascal, paraît in-4º. — *Psyché*.

J. 27 — Le grand Ballet dansé devant M. le Nonce.

D. 30 — Ballet de *Psyché*.

4 février. Assignation ou mandat de 5,000 liv. sur le fonds des étapes de la province.

13 — Ouverture de l'Assemblée générale du Clergé de France.

14 février. Au Louvre, comédie et ballet des *Galanteries du temps.*

19 — Au Louvre, *la Généreuse ingratitude*, de Quinault, et ballet des *Galanteries.*

M. 22 — Clôture des Etats à Pézenas.

24 — Molière donne à M. Le Secq quittance de 6.000 liv.

— — Béjart l'aîné reçoit 1.500 liv. pour son *Recueil.*

★ S. 26 — Molière à Narbonne pour quinze jours ; d'Assoucy. — Conti à Avignon.

D. gras. 27 — Au Louvre, comédiens italiens et le *Ballet des galanteries du temps.*

3 mars. Le prince de Conti quitte Pézenas pour se rendre à la Cour ; il passe par Lyon.

7 avril. Mort de Jérôme Bignon, grand-maître de la Bibliothèque du Roy.

D. 16 — Pâques.

27 — Edit royal ordonnant la création d'un hôpital général.

★ 3 mai. A Narbonne. Accord, sous forme de police, entre Dufort et Cassaignes d'une part, Molière et Madeleine Béjart de l'autre.

8 — Entrée à Dijon du duc d'Epernon.

1er juin. Le Roy à Compiègne : le petit de Beauchasteau.

6 — Mort du maréchal de Schomberg.

12 — Comédie à Narbonne. Mlle Desjardins ?

Juillet. Chapelle et Bachaumont à Carcassonne, Castelnaudary, Montauban, Agen.

★ M. 15 août. A Bordeaux, église Saint-André, baptême de J.-B., fils de Foulle Martin et Anne Reynis, né le 6 sur la paroisse Saint-Christophe ; parrain et marraine : Molière et Cath. Le Clerc (Mlle de Brie).

J. 17 — Au Collège de Clermont, tragédie latine et distribution des prix.

28 — Comédiens à Vienne, en Dauphiné, où habite Magdelon Lhermite, devenue Mme Fuzelier.

28 septembre. D'Assoucy est à Montpellier.

L. 6 novembre. Mort de Morin l'astrologue, inhumé le 7 à Saint-Étienne-du-Mont.

J. 9 — Mort, à Graulhet, de François d'Amboise, comte d'Aubijoux.

L. 13 — *Ballet des Cartes* à la Cour.

M. 14 — Gourville à la Bastille.

V. 17 — Ouverture à Béziers des Etats de Languedoc, sous la présidence du comte de Bieule, lieutenant de Roy ; l'évêque d'Alet, Pavillon, président des Comptes. — Conti à Paris.

L. 20 — Mascarade *des Jeux*, de Saint-Aignan et Baptiste, dansée dans l'appartement du Roy (marquis de Saucour).

M. 6 décembre. Séance des Etats de Béziers où il est question de la troupe de Molière.

9 — A Agen, troupe comique, venant de Bordeaux.

Dassoucy à Avignon et Béziers. Couplet de Molière.

M. 12 — Le Roy et Monsieur voient au Marais le *Timocrate*, de T. Corneille (80 repr. cons.).

★ Le DÉPIT AMOUREUX, com. en 5 actes, en vers, 2° pièce de Molière, est représenté pour la première fois, à Béziers.

—

Les Prétieuses, comédie de l'abbé de Pure, jouée par les comédiens italiens.

Le Marquis ridicule ou la *Comtesse faite à la hâte,* comédie de Scarron.

Samuel Chappuzeau, qui habite Lyon, donne *le Cercle des Femmes,* entretien comique en six entrées, et *Lyon dans son lustre,* in-4°.

Lhermite de Vauselle fait imprimer à Arles une *Généalogie de Du Laurens, originaire de Naples,* 4°, Mesnier.

Port-Royal-des-Champs fermé par ordre du Roy. Racine à Port-Royal.

La *Prétieuse,* ou le Mystère de la Ruelle, dédiée à telle qui n'y pense pas, par Gelasir (l'abbé Michel de Pure), Paris, 4 vol. in-8°, 1656-1658.

La *Pucelle,* poème de Chapelain, in-4°.

Mariage de Pierre Pocquelin, marchand mercier, et de Marie Brochant.

L'église Notre-Dame des Victoires est commencée, sur les dessins de Le Muet, par L. Bruant.

Alexandre vainqueur du monde, trag. 5 a. v. de Françoise Pascal, est représentée à Lyon.

Siège de Valenciennes.

Le grand Magus, tr.-com. de La Motte, in-8°, Orange.

Nouvelles amoureuses et exemplaires de Maria de Zayas, traduites par d'Ouville, 8°, de Luynes.

☿

ANNÉE 1657. (35 ANS.)

—

17 janvier. Lulli fait exécuter dans la grande salle du Louvre le ballet de l'*Amour malade,* dansé par le jeune Roy deux fois la semaine ; le 7 février, devant le Noncé.

26 — Les *Amours de Diane et d'Endymion,* tr. de G. Gilbert, à l'H. de B., devant le Roy.

D. 11 février. Naissance, à Rouen, de Fontenelle.

L. gras 12 — Les *Plaisirs troublés,* ballet de M. de Guise (où danse « la très mignonne Molière », fille de Mollier le musicien), dans la grande salle du Louvre.

L. 19 février. Une représentation à Lyon pour les pauvres.

V. 16 mars. Mort d'Isaac de Laffemas.

24 — 18e et dernière *Lettre provinciale* de Pascal.

D. 1er avril. Pâques. — Conti à Paris.

L. 2 — Mort de M. Olier, curé de Saint-Sulpice. Mort du 1er président de Bellièvre.

J. 12 — Madeleine Béjart à Nîmes poursuit le remboursement de son obligation sur Baralier.

L. 16 — Les Etats de Languedoc votent à Béjart l'aîné une somme de 500 livres pour son *Recueil*.

J. 26 — Conti quitte Paris.

L. 7 mai. Ouverture de la Salpêtrière.

11 — Béjart à Lyon. Consentement pour la 2e édit. de son *Recueil*, donné par le procureur du Roy.

M. 15 — Le prince de Conti écrit de Lyon à l'abbé de Ciron qu'il a retiré à Molière le titre de « troupe de M. le prince de Conti ». — 16, part à Grenoble et Grande-Chartreuse. — 30, à Turin.

V. 1er juin. Clôture des Etats à Béziers.

Achevé d'imprimer la *Pratique du Théâtre*, « œuvre très nécessaire à tous ceux qui

12

veulent s'appliquer à la composition des Poèmes dramatiques, qui font profession de les réciter en public, ou qui prennent plaisir d'en voir les représentations » A. de Sommaville, in-4°, sans nom d'auteur (Hédelin, abbé d'Aubignac).

1er juin. Madeleine Béjart cite Dufort devant la Bourse de Toulouse : jugement et condamnation, ajournement et prise de corps.

L. 11 — A Lyon, reprēs. au profit des pauvres.

V. 15 — A Dijon? Tripot de la Poissonnerie.

Juillet. Conti en Italie. — Blocus d'Alexandrie.

L. 6 août. Siège et prise de Montmédy.

L. 13 — Au collège de Clermont, *Tartaria christiana*, trag. lat. du P. Castelet (Antoine Jacob et Louis Locatel parmi les acteurs).

L. 10 septembre. Dubois et Mignot, comédiens du duc d'Orléans, à Albi.

Castres ; château de Séverac.

L. 8 octobre. Ouverture, à Pézenas, des Etats de Languedoc par le duc d'Arpajon (Harpagon ?)

31 — Conti à Paris.

★ Novembre. Molière à Avignon rencontre P. Mignard revenant d'Italie, chez son frère Nicolas.

S. 10 — La reine Christine de Suède à Fontai-

nebleau, fait assassiner son favori Monal-
deschi dans la Galerie des Cerfs.

V. 16 novembre. Le Roy voit l'*Amalazonte* de
Quinault par les comédiens de l'H. de B.

V. 23 — Le Roy à Fontainebleau rend visite à la
reine Christine.

D. 25 — Consultation par M. le Curé de Saint-
Germain-l'Auxerrois des docteurs de Sor-
bonne, sur les comédies, au sujet des
Comédiens italiens.

Décembre. A Lyon, 2 représentations pour les
pauvres.

18 — Lit de justice au Parlement.

———

Le père Poquelin habite la maison du pilier
des Halles.

Achille de Harlay est conseiller au Parlement.

La troupe italienne joue sur canevas, avec un
grand succès, au théâtre du Petit-Bourbon, *Il
Convitato di pietra*, comédie imitée du drame
espagnol de fra Gabriel Tellez, par Onofrio
Giliberti de Solofra.

L'abbé D. de Cosnac achète 25.000 écus la
charge de 1er aumônier de Monsieur.

Bérénice, tr. de T. Corneille, au Marais.

2e partie du *Roman comique* de Scarron.

Tome VI de la *Clélie*.

La Lyre du jeune Apollon, ou la *Muze naissante* du petit de Beauchasteau, âgé de 11 ans (in-4°).

Etablissement des fiacres à Paris.

Naissance de Marie-Angélique Du Croisy (acte à retrouver).

Lhermite de Vauselle imprime à Arles sa *Toscane françoise*, in-4°. Sa fille Magdelon habite Brioude avec son mari Fuzelier.

ANNÉE 1658. (36 ANS.)

—

M. 1er janvier. Le prince de Conti à Paris. Sermon de l'abbé Le Vayer.

L. 7 — Le Roy et Monsieur voient *Astianax* à l'H. de B. ; harangue de Floridor.

★ J. 10 — Molière à Lyon. Enterrement du petit Du Parc.

Dufort paye 3,750 liv. à Madeleine Béjart.

Vauselle imprime à Lyon *les Forces de Lyon*.

27 — Mort, à Lyon, du duc de Candale, 31 ans.

J. 14 février. Le ballet d'*Alcidiane* dansé par le Roy au Louvre.

D. 24 — Clôture des Etats à Pézenas.

★ Molière passe le Carnaval à Grenoble, avec sa troupe.

La reine Christine voit à l'Hôtel de Bourgogne *Timocrate, Endymion* et *Alcibiade*.

M. 20 mars. La *Rosaure impératrice de Constantinople,* féerie à grand spectacle, représentée au Petit-Bourbon par la troupe italienne devant le Roy. (Trivelin.)

1er avril. Dufort se libère envers Ma deleine Béjart.

D. 21 — Pâques.

J. 25 — LL. MM. à Chantilly. — 26, à Saint-Just. — 27, à Amiens.

★ 30 — Molière à Rouen : le Jeu de Paume des *Deux-Maures.*

8 mai. Le prince de Conti quitte Paris pour se rendre en son gouvernement de Guienne ; il arrive le 15 à Poitiers.

14 — LL. MM. à Abbeville.

19 — Th. Corneille écrit de Rouen à l'abbé de Pure.

L. 3 juin. Entrée du prince de Conti à Bordeaux. Siège et prise de Dunkerque par le maréchal de Turenne.

14 — Bataille des Dunes. Turenne et Condé.

J. 20 — Molière abandonne à l'Hôtel-Dieu de Rouen le produit de sa 1re représentation.

S. 22 — *Te Deum* à N.-D. pour la prise de Dunkerque.

26 juin. Le Roy entre à Dunkerque.

29 — Mardick.

Maladie du Roy.

Le comédien Dorimond fait représenter à Lyon son *Festin de Pierre*.

La reine Christine voit la tragédie à l'Hôtel de Bourgogne.

1re édition des œuvres de Gassendi.

L. 1er juillet. Le Roy à Calais.

M. 2 — Molière à Rouen, où Thomas Corneille habite la paroisse Saint-Sauveur.

L. 8 — Le Roy, très malade à Calais, sauvé par le vin émétique.

10 — Le duc de Longueville à Rouen.

12 — Mad. Béjart à Rouen loue pour 18 mois le jeu de Paume des Marais à Paris; elle élit domicile à Paris en la maison de Jean Poquelin (père ou frère?).

L. 22 — LL. MM. à Boulogne. — 23, à Montreuil. — 24, Abbeville. — 25, Amiens.

27 — Montdidier. — 28, château de Mouchy, chez la marquise d'Humières.

29 — Compiègne.

1er août. Le prince de Conti à Montauban.

L. 5 — *Te Deum* dans la cathédrale de Rouen pour la santé du Roy; feux de joie et fontaines de vin: *Regiæ sanitati*.

Molière donne une représentation au profit de l'Hôtel-Dieu de Rouen.

11 août. LL. MM. à Chantilly. — 12, à Paris.

Fréquents voyages de Molière à Paris. Protection de Monsieur, dont Cosnac est le 1er aumônier.

Molière est présenté au Roy et à la Reine mère.

Athalie, tragédie latine, est représentée au Collège de Clermont (15 sous d'entrée).

16 — Le Roy chasse à Vincennes ; le soir, feu d'artifice sur la Seine, suivi d'un ballet. dansé devant LL. MM. et la Cour.

19 — Départ du Roy pour Fontainebleau. Souper à Essonne.

30 — Attaque de Gravelines, reprise sur les Espagnols. — Conti à Lyon.

S. 31 — Comédie française à Fontainebleau, devant LL. MM. et la Cour.

Septembre. Molière et P. Corneille à Rouen. Le Roy chasse à Fontainebleau.

L. 9 — Une comédienne du Roy meurt à Fontainebleau.

V. 13 — Mort de lord Olivier Cromwell, protecteur d'Angleterre.

20 — Le Roy et le Cardinal à Vincennes.

28 — Le Roy visite la reine d'Angleterre au Pa-

lais-Royal, et la princesse de Conti à l'Hôtel de Condé.

Octobre. Racine sort de Port-Royal pour faire sa logique au collège d'Harcourt.

M. 2 octobre. Fête donnée par M. de Rosny au château de Meudon pour son mariage avec Mlle Servien : comédie par la Troupe Royale.

L. 7 octobre. Le Roy, la Reine, Monsieur et Mademoiselle au château de Vincennes.

S. 12. — Le Roy, la Reine et Mlle à Saint-Cloud, chez Monsieur, dans la maison acquise du S^r d'Hervart.

20 — Guillaume de Lamoignon, premier président au Parlement de Paris.

M. 23 — Le Roy donne audience aux ambassadeurs de Venise et de Hollande.

★ J. 24 — Molière joue *Nicomède* de Corneille et le *Docteur amoureux*, farce en un acte, devant LL. MM. et toute la Cour, dans la salle des Gardes du Vieux Louvre [1]. Harangue de Molière, en présence des comédiens de l'Hôtel de Bourgogne.

S. 26 — Départ du Roy et de la Cour pour Lyon. Couché à Corbeil; à Moret le 27.

---

1. Aujourd'hui salle des **Cariatides** du Musée des Antiques, où Henri IV avait épousé sa première femme, où il fut apporté mourant, le vendredi 14 mai 1610.

S. 2 novembre. Jour des Trépassés. Début de la troupe en public dans la grande salle de l'Hôtel du Petit-Bourbon, où elle alterne avec les comédiens italiens, moyennant une somme de 1500 liv.

L'Estourdy ou les *Contre-temps* pour la première fois à Paris. Dix acteurs : Molière, Du Fresne, Du Parc, de Brie, Joseph Béjart, Louis Béjart ; Madeleine Béjart, Mlles Du Parc, Hervé et de Brie, et un gagiste : Croisac.

Ils jouent les lundi, mercredi, jeudi et samedi ; les Italiens, le mardi et le dimanche.

M. 6 — Mort de Pierre Du Ryer, à 53 ans ; inhumé à Saint-Gervais.

M. 12 — Ouverture du Parlement.

M. 20 — Réouverture des conférences de Richesource.

Molière demeure sur le quai de l'Ecole, en la maison de l'*Image Saint-Germain*.

Il joue *Héraclius*, *Rodogune* (sifflée), *Cinna*, *le Cid*, la *Mort de Pompée* (sifflée).

22 — Thomas Corneille à Rouen.

24 — La Cour arrive à Lyon : comédies.

L. 9 décembre. *Le Dépit amoureux* pour la première fois à Paris.

M. 17 — *Le Feint Alcibiade* de Quinault, à l'H. de B.

13

V. 20 décembre. *La Toledane* ou *Ce l'est, ce ne l'est pas*, à l'H. de B.

J. 26 — Mort du sculpteur Simon Guillain.

—

La troupe devient *Troupe de Monsieur frère unique du Roy*, avec 300 liv. de pension par tête, lesquelles n'ont point été payées.

Gaston d'Orléans à Blois.

Ballet de Montbrun-Souscarrière, chez le maréchal de l'Hôpital.

Naissance, à Lyon, de Nicolas Coustou.

Bossuet arrive à Paris.

Destruction de deux arches du Pont-Marie.

Almahide, ou l'Esclave Reine, roman de Scudéry.

Nouvelle allégorique de Furetière.

De la Comédie, 4ᵉ traité de Nicole.

La Mort de l'empereur Commode, tr. de T. Corneille, au Marais.

Le *Nouveau Cabinet des Muses*, ou l'Eslite des plus belles pièces de ce temps, par le Sʳ de la Mathe. Paris.

Lhermite de Vauselle imprime à Arles sa *Ligurie françoise*, 4°, F. Mesnier.

Du Croisy et Hubert à Mâcon.

ɔⱩɔ

ANNÉE 1659. (37 ANS.)

—

L. 20 janvier. Baptême d'Agnès Poquelin.

V. 24 — 1re de l'*Œdipe* de P. Corneille à l'Hôtel
    de Bourgogne.

M. 28 — Retour du Roy.

S. 8 février. Le Roy voit *Œdipe* à l'Hôtel de
    Bourgogne. Compliment de Floridor.

D. 9 — Mort du Fulvio de la troupe italienne
    (Baroncini).

L. 10 — Mort de Guillaume Colletet.

M. 12 — Monsieur au Petit-Bourbon. Harangue
    de Molière.

L. 17 — Mort d'Abel Servien, surintendant des
    finances.

M. 19 — *Ballet de la Raillerie*, dansé par le Roy.
  Bossuet prêche le Carême aux Minimes de la
    place Royale.

J. 6 mars. Second mariage de Séb. Bourdon.

L. 10 — Le Roy et Monsieur reçus au château de
    Ruel chez Mme d'Aiguillon par le marquis
    de Richelieu : promenade et *comédie* par
    la Troupe Royale (la Baron et la Beauchâ-
    teau, victimes d'un accident de carrosse).

J. 20 — Mi-carême. Mascarade de Montbrun-
    Souscarrière à la place Royale.

M. 26 mars. Achevé d'imprimer *Œdipe*, de P. Corneille, in-12, Courbé.

Avril. La *Pastorale en musique* ou l'*Opéra d'Issy*, de Perrin et Cambert, est représentée à Issy, dans un jardin appartenant à M. de la Haye (la Cour y assiste); puis à Vincennes, devant le Roy, la Reine mère et le Cardinal.

Attaque de Gravelines.

D. 13 — Pâques. Le couple Du Parc passe au théâtre du Marais. Jodelet et son frère l'Espy passent du Marais au Petit-Bourbon. Dufresne se retire à Argentan, son pays natal. Le gagiste Croisac quitte la troupe.

M. 16 avril. Molière au château de Chilly-Mazarin, près Longjumeau, joue le *Dépit amoureux* pour le grand maître de l'artillerie, maréchal duc de la Meilleraye, devant le Roy et la Cour. Chasse et collation.

V. 25 — La Grange, Du Croisy et sa femme (Marie Claveau) entrent dans la troupe. — Hubert au Marais.

L. 28 — Réouverture du Petit-Bourbon par *Héraclius* (250 liv.). La Grange commence son *Registre*.

M. 29 — Au Louvre, pour le Roy, *les Visionnaires*.

D. 4 mai. Baptême, à Saint-Eustache, d'un neveu Poquelin, Jean-Baptiste, fils de Jean. Parrain : Molière.

M. 6 — *Dom Japhet* à Vincennes pour le Roy.

J. 8 — Au château de Saint-Cloud, chez Monsieur, devant le Roy, comédie.

S. 10 — Au Louvre pour le Roy, *l'Estourdy*. Béjart aîné tombe malade et achève son rôle de Lélie avec peine.

M. 13 — Jeanne Levé donne quittance de 291 liv. à Molière.

M. 14 — Relâche. Bossuet prononce aux Augustins le panégyrique de saint Thomas de Villeneuve.

S. 17 — Au Louvre, pour le Roy : *Gros René écolier* et *le Médecin volant*.

D. 18 — A Berny, chez le comte de Lionne : la *Clotilde* de Boyer, par la Troupe Royale, et le ballet *Chacun fait le métier d'autrui*, devant le Roy, la Reine et le Cardinal.

M. 21, J. 22 (Ascension) et S. 24. — Relâches. Jodelet, Gros-René et le docteur Gratian à Vincennes : farces à l'impromptu.

D. 25 — Mort de Joseph Béjart, à 51 ans.

L. 26 — Obsèques de J. Béjart, à Saint-Paul. Relâche d'une semaine.

D. 1er juin. Pentecôte.

L. 2 juin. Réouverture du Petit-Bourbon : *D. Japhet* (153 liv.).

M. 4. — Relâche.

S. 21 — Départ de Marie Mancini, pour La Rochelle.

M. 25 — Mazarin se dirige vers les Pyrénées pour le traité du mariage du Roy et la paix générale.

L. 30 — Le Roy est à Fontainebleau.

S. 5 juillet. Reprise du *Gouvernement de Sanche Panse*, de Guérin du Bouscal (320 liv.).

La troupe italienne retourne en Italie, sauf Trivelin et Aurelia. Molière, seul maître du Petit-Bourbon, y joue les mardi, vendredi et dimanche, les mêmes jours que l'Hôtel et le Marais.

M. 9 — Relâche.

J. 10 — Inventaire de Joseph Béjart.

Le *Bellissaire*, tr.-c. de la Calprenède, à l'Hôtel de Bourgogne (Floridor).

L. 28 — Mazarin à Saint-Jean-de-Luz.

— — Voyage du Roy dans les Pyrénées : départ de Fontainebleau.

D. 3 août. Recette de 393 liv. avec l'*Héritier ridicule*.

M. 13 — Entrevue de Mazarin et de Luis de Haro dans l'île des Faisans. — Marie Mancini revoit le Roy à Saint-Jean-d'Angely.

M. 19 août. Le Roy et Conti à Bordeaux : comédies.

M. 26 — Contrat de mariage Citoys de la Ri-
chardière, avec Anne Gobert, en présence
de Molière et de toute la troupe. — La
Mort de Pompée.

M. 3 septembre. Naissance du fils La Thorillière,
Pierre.

L. 22 — La *Mort d'Arrie et de Pétus*, de Gilbert, à
l'Hôtel de Bourgogne.

V. 26 — Mort de Ch. Beys, à 49 ans.

D. 28 — Le Roy demande la main de l'Infante.

L. 6 octobre. Le Roy quitte Bordeaux pour Toulouse.

J. 16 — Baptême d'une fille de Du Parc, Catherine, à Saint-Germain-l'Auxerrois : tenue
par François de Rebé et Catherine de
Neuville.

V. 17 — Mlle de Brie accouche d'une fille,
Catherine-Nicole.

V. 7 novembre. Double traité de paix et de mariage à Saint-Jean-de-Luz, île des Faisans.

L. 10 — Baptême de la petite de Brie à Saint-
Germain-l'Auxerrois; parrain : son oncle,
le peintre Etienne Villequin.

V. 14 — Le marquis de Soyecourt apporte le
traité à Paris; grande allégresse.

M. 18 — 1re représ. au Petit-Bourbon, des Pré-

CIEUSES RIDICULES, 3e pièce de Molière; avec *Cinna*. Recette : 533 liv.

S. 22 novembre. Mazarin à Toulouse.

D. 23 — 1re de *Pylade et Oreste*, pièce nouvelle de Coqueteau La Clairière, de Rouen.

— — Molière prête 150 l. à un Sr de Fontenille.

M. 2 décembre. Anniversaire de Richelieu à la Sorbonne.

— — 2e représent. des *Précieuses* avec *Alcionée* (le parterre au double : 1400 liv.).

S. 6 — Loret rend compte des *Précieuses*. La Troupe donne 500 liv. à Molière.

V. 12. — 1re de *Zénobie*, trag. de Magnon (125 l.).

J. 18 — Mariage, à Saint-Gervais, de Brécourt et d'Etiennette Desurlis.

V. 19 — *Zénobie* « fait four » à la 4e représ.

M. 30 — Mort de la veuve de Sully, âgée de 93 ans.

———

Le *Grand Cyrus*, de Quinault, et *Darius*, de Th. Corneille, à l'H. de B.

Le *Cercle des Femmes*, com. en vers de Chappuzeau, représentée au Th. du Marais.

Le *Festin de Pierre* ou le *Fils criminel*, tragicom. de Villiers, à l'Hôtel de Bourgogne.

Gilles Boileau entre à l'Académie Française.

Lhermite de Vauselle imprime à Arles *les Présidents-nés des États de Languedoc*, 4°, Mesnier.

Divers portraits (59), par Mlle de Montpensier et autres, paraissent in-4° à 30 exemplaires, par les soins de Segrais.

Description de l'île de portraiture et de la ville des portraits, par Sorel.

2e édition de Lucrèce, traduit par l'abbé de Marolles.

Les 3 théâtres français jouent les mêmes jours, à la même heure (2 h.).

La troupe du Marais s'intitule : « Comédiens du Roy entretenus par S. M. » ; l'Hôtel de Bourgogne », « la seule Troupe Royale. »

ℋ

Année B. 1660. (38 ans.)

—

V. 2 janvier. La *Stratonice*, de Quinault, à l'Hôtel de Bourgogne.

Le *Galant doublé*, c. de T. Corneille, à l'H. de B.

5 janvier. Louis XIV à Montpellier.

7 — Achevé d'imprimer les *Véritables précieuses* de Somaize, pet. in-12, J. Ribou.

14

12 janvier. Ribou obtient, par surprise, un privilège pour les *Précieuses Ridicules*.

19 — Privilège accordé à G. de Luynes pour les
Précieuses Ridicules, pour 5·ans.

M. 27 — *Stilicon* de Th. Corneille, à l'H. de B.

29 — Achevé d'imprimer les *Précieuses Ridicules*.

V. 30 — Reprise de *D. Guichot*, pièce raccom-
modée par Mlle Béjart.

L. 2 février. Mort, à Blois, de Gaston d'Orléans,
frère du feu Roy Louis XIII, à 52 ans.

M. 3 — Le Roy à Aix-en-Provence, assiste au
Te Deum. — *Jodelet maître* et une danse
au Théâtre du Marais.

M. 4 — Visite chez M. de Guénégaud, trésorier
de l'Epargne : l'*Estourdy* et les *Précieuses*.

V. 6 — Au Collège de Clermont, le *Martyre de
saint Marc et saint Marcelin*, trag. du
P. Darot. — Le Marais donne l'*Illusion
comique*. — La Cour à Toulon.

M. gras 10 — Chez M. le Tellier, en visite :
l'*Estourdy* et les *Précieuses*, déjà joués en
public le même jour.

V. 13 — Le *Chevalier de fin matois* et la farce de
Lustucru à l'Hôtel du Marais.

S. 14 — Publication de la paix d'Espagne.

L. 16 — *Te Deum* solennel à N.-D. Le soir, feux

par toutes les rues, fontaines de vin, feu
d'artifice en Grève.

J. 19 février. Spectacle gratis à l'Hôtel de Bourgogne : *Stilicon* (Floridor) et un ballet.

V. 20 — *Démétrius*, de Boyer, à l'Hôtel de
Bourgogne. Gratis au Théâtre du Marais.

S. 21 — Gratis au Petit-Bourbon, pour la paix :
Dépit amoureux et *Médecin volant*.

M. 24 — A Saint-Sulpice, grand service pour feu
Gaston d'Orléans : son oraison funèbre
par le P. Ciron. — Condé à Paris.

A la Foire Saint-Germain, troupe de danseurs
hollandais.

Retz en Hollande.

1er mars. Mazarin à Marseille.

2 — Le Roy entre à Marseille par une brèche de
2 toises.

J. 4 — Chez Mme Sanguin, pour M. le Prince :
les *Précieuses*.

L. 8 — Visite chez le chevalier de Gramont : les
Précieuses. — Le Roy à Aix.

M. 10 — Visite chez la maréchale de l'Hospital :
les *Précieuses*.

J. 11 — Les comédiens de l'Hôtel font chanter,
à Saint-Sauveur, messe et *Te Deum* pour
la paix et le Roy.

V. 12 — Clôture du Théâtre. (Part : 2,995 liv.
10 s.). — Le couple Du Parc, qui a passé

l'année au Marais, rentre dans la troupe de Monsieur.

19 mars. La Cour à Avignon jusqu'au 1ᵉʳ avril.

D. 21 — Rameaux. — Bossuet prêche aux Minimes.

M. 23 — Baptême Jean-Baptiste Pocquelin. — Capitulation d'Orange.

V.-Saint 26 — Mort de Jodelet, enterré à Saint-Germain-l'Auxerrois.

D. 28 — Pâques.

L. 5 avril. Le Roy à Montpellier : Turenne.

— — Mort de Jean Poquelin le jeune, frère de Molière ; inhumé, le M. 6, aux Innocents.

V. 9 — Réouverture du Petit-Bourbon par l'*Héritier ridicule.* — Le Roy à Narbonne.

L. 12 — Achevé d'imprimer les *Précieuses* mises en vers et le *Grand Dictionnaire des Précieuses*, in-12, par Somaize, chez Ribou.

M. 14 — Mort du P. Lingendes.

M. 20 — Mort du maréchal de l'Hôpital, à 77 ans. — Le Roy à Toulouse.

J. 29 — Mariage de Quinault.

S. 1ᵉʳ mai. Le Roy à Bayonne.

V. 7 — 1ʳᵉ, au Petit-Bourbon, de la *Vraye et fausse Prétieuse*, pièce nouvelle de M. Gilbert (9 représentations) non imprimée.

S. 8 mai. La Cour à Saint-Jean-de-Luz : comédiens français et espagnols.

D. 9 mai. En visite, chez **M.** d'Andilly (diplo-
   mate) : le *Dépit* et les *Précieuses*.

   Mort de Costar.

M. 26 — Baptême, à Saint-Jean-de-Luz, d'un
   fils de Pitel de Longchamp et d'Anne
   Legrand.

V. 28 — 1re représ. du Cocu Imaginaire, 4e pièce
   de Molière, jouée 34 fois de suite, c'est-
   à-dire 3 fois par semaine, pendant 3 mois.

S. 29 — Entrée du roi Charles II à Londres.

L. 31 — Privilèges de l'*Etourdi*, du *Dépit amoureux*, du *Cocu*, et de *Dom Garcie*.

M. 2 juin. Anne d'Autriche et Philippe IV dans
   l'île des Faisans.

J. 3 — Mariage à Fontarabie du jeune Roy avec
   Marie-Thérèse d'Autriche.

L. 7 — Entrevue de Louis XIV et de Philippe IV
   dans l'île des Faisans.

M. 9 — Mariage à Saint-Jean-de-Luz, célébré par
   l'évêque de Bayonne.

M. 15 — La Cour quitte Saint-Jean-de-Luz.

M. 23 — La Cour à Bordeaux.

V. 18 — Le *Docteur pédant* au Petit-Bourbon.

V. 25 — Reprise au Petit-Bourbon des *Amours
   de Diane et d'Endymion*, trag. de Gilbert
   jouée en 1657 à l'Hôtel de Bourgogne
   (11 repr. La Lune, Madeleine Béjart ;
   la Nuit, Mlle Du Parc).

M. 3o juin. Molière reçoit de M. Lambert, sieur
de Bautru, trésorier de l'Epargne de S. M.
la somme de 5oo liv. pour le 1er semestre
de 1660 (Signature : « J.-B. P. Molière »)
pour frais et dépenses occasionnés par son
séjour à Paris.

Le prince de Conti à Paris.

L. 12 juillet. Troupe de comédiens Espagnols
joue trois fois au Petit-Bourbon.

— — Achevé d'imprimer le *Procès des Précieuses*,
en vers burlesques, c. de Somaize, in-12.
Loyson.

M. 13 — La Cour à Fontainebleau.

Ballet de Montbrun-Souscarrière dans le parc,
devant le Roy et la jeune Reine.

L. 19 — La Cour à Vaux, chez le Surintendant
Fouquet.

M. 21 — Souper offert à la troupe espagnole par
les comédiens de Paris.

S. 24 — La troupe espagnole de Joseph de Prado
(comédiens de la Reine), donne 4 représentations de ballet, chant et comédie, à
l'Hôtel de Bourgogne.

D. 25 — Privilège de *la Cocue Imaginaire* de
Doneau de Vizé.

L. 26 — Privilège surpris par Neufvillenaine pour
le *Cocu*.

Mazarin malade.

J. 29 juillet. Au bois de Vincennes, pour le Roy : l'*Etourdi* et les *Précieuses*.

S. 31 — Au bois de Vincennes, pour le Roy : le *Dépit* et le *Cocu*.

J. 5 août. 1re de *Huon de Bordeaux*, pièce nouvelle de M. Gilbert (8 repr.).

V. 6 — Mort de Velasquez, à 60 ans.

S. 7. — A Vincennes, pour le Roy : *Sanche Panse* et *la Pallas*.

M. 10 — Mazarin malade.

J. 12 — Achevé d'imprimer le *Cocu*, avec les argumens de Neufvillenaine.

— — Monsieur reçoit à Saint-Cloud la Reine mère, la princesse d'Angleterre, les trois sœurs Mancini : comédie et danses par la troupe espagnole.

S. 14 — Achevé d'imprimer *la Cocue imaginaire ou les Amours d'Alcippe et de Céphise*, in-12. Ribou.

J. 19 — Au collège de Clermont, *Clementia christiana*, tragédie sainte, du P. Dozane, de Falaise, et ballet, en présence du Nonce.

S. 21 — A Vincennes, pour le Roy : *Héritier ridicule* et *Cocu*.

25 — Lettre de P. Corneille à l'abbé de Pure, où il est question de la *Toison d'or*.

J. 26 — Entrée solennelle à Paris du Roy et de la

Reine par le faubourg Saint-Antoine (origine de la place du Trône).

V. 27 août. *Te Deum* à Notre-Dame. Illuminations.

S. 28 — Perquisition chez l'imprimeur du *Cocu* et saisie chez Ribou.

D. 29 — Feux d'artifice sur la Seine.

L. 30 — A St-Cloud, chez Monsieur : repas, musique, comédie (*Précieuses* et *Cocu*) et bal.

V. 3 septembre. Le Roy à Paris. — Arrêt du Conseil privé qui défend à Ribou de continuer la vente du *Cocu*.

S. 4 — Au Louvre, pour le Roy : *Huon de Bordeaux.*

2ᵉ édition des *Véritables Précieuses*, de Somaize, augmentée d'un *Dialogue de deux précieuses sur les affaires de leur communauté.*

J. 9 — Comédie espagnole au Palais-Mazarin, devant LL. MM. Concert par les 24 violons.

V. 10 — Reprise des *Charmes de Félicie*, par Pousset de Montauban (6 repr.).

J. 16 — La Reine mère et le Cardinal à St-Cloud.

V. 17 — Le Roy et la Reine à Saint-Germain-en-Laye ; chasse.

L. 20 septembre. Retour de LL. MM. à Paris.

L. 27 — Vincent de Paul, âgé de 85 ans, meurt à Saint-Lazare.

D. 10 octobre. le *Dépit amoureux* fait 290 liv.

L. 11 octobre. M. de Ratabon, Surintendant des bâtiments du Roy, commence à démolir le Théâtre du Petit-Bourbon, sans en avertir la troupe, qui se trouve sans théâtre. — Le Roy accorde à Molière la salle du Palais-Royal.

J. 14 — Mort de Scarron, à 51 ans, inhumé à Saint-Gervais. — Privilège de la *Pompe funèbre de Scarron.*

S. 16 — Au Louvre, pour le Roy : *Dépit amoureux* et *Médecin volant.*

En visite chez M. Sanguin, à la Place Royale : *Dépit amoureux.*

20 — 2e édition du *Grand Dictionnaire des Précieuses* de Somaize, revue, corrigée et augmentée de quantité de mots, in-12, Loyson.

J. 21 — Au Louvre, pour le Roy, *Etourdi* et *Précieuses.*

En visite, chez M. le maréchal d'Aumont.

M. 26 — Au Louvre, chez le Cardinal Mazarin, malade : *Etourdi* et *Précieuses*, devant le Roy, incognito, qui voit la comédie debout, appuyé sur le dossier de la chaise de S. E.

M. 27 — Le Roy chasse à Versailles.

En visite chez M. Fouquet, Surintendant des Finances : *Etourdi* et *Cocu.*

S. 30 — Loret nomme Molière pour la 1re fois, et l'appelle *Molier.*

15

L. 1er novembre. Toussaint. Le Roy touche les malades. La Reine mère au Val-de-Grâce.

J. 4 — La *Pompe funèbre de Mr Scaron* achevée d'imprimer, in-12, chez Jean Ribou.

V. 5 — La *Politique des coquettes*, chez J. Ribou.

En visite chez le maréchal de la Meilleraye : *Cocu* et *Précieuses*.

En visite chez M. de la Bazinière, trésorier de l'Epargne : *Cocu* et *Précieuses*.

En visite chez le duc de Roquelaure : *Etourdi* et *Cocu*.

En visite chez le duc de Mercœur : *le Cocu*.

En visite chez le comte de Vaillac : *Héritier ridicule* et *Cocu*.

La Toison d'or au château de Neufbourg chez le marquis de Sourdeac, par la troupe royale du Marais.

13-20. — Le Roy et la Reine à Vincennes : Chasses; comédie par les Espagnols, l'Hôtel de Bourgogne et la troupe de Molière.

16 — Arrêt définitif qui supprime le privilège de Neufvillenaine et condamne Ribou.

Xerxès, comédie en musique, au Louvre.

L. 22 — Ouverture du Parlement : harangues de Bignon et de Lamoignon.

M. 23 — Service pour Vincent de Paul à Saint-Germain-l'Auxerrois. — A Vincennes, devant le Roy et le Cardinal : *D. Japhet et le Cocu*.

V. 26 novembre. Comédie de Quinault à l'Hôtel de Bourgogne. Harangue de Floridor à Monsieur.

M. 1er décembre. Morts du chevalier de Roquelaure et du généalogiste d'Hozier.

    M. de Sourdeac prête ses décors et machines de *la Toison d'or* aux comédiens du Marais.

S. 4 — Au Louvre, pour le Roy : *Jodelet prince*. Mazarin malade de la goutte.

M. 15 décembre. Bal chez le Roy. Concert et ballet de Baptiste (récit turquesque).

S. 25 — Noël. Au Louvre : *D. Bertrand* et la *Jalousie de Gros-René*.

V. 31 — *Tigrane*, tr. de Boyer, à l'Hôtel de Bourgogne.

—

La troupe de Mademoiselle au Faubourg Saint-Germain, dans un jeu de paume de la rue des Quatre-Vents. (Dorimond.)

On commence les travaux des Invalides.

L'église des Minimes de la place Royale est achevée ; portail de Mansart.

Dernier tome de *Cassandre*.

La *Pompe funèbre de Scarron*, de Boucher, in-4°.

Le *Secrétaire de Saint Innocent*, comédie de l'Estoille.

Le *Mariage de rien*, com. 1 a. de Montfleury fils, à l'Hôtel de Bourgogne.

Racine à l'hôtel de Luynes (rue Gît-le-Cœur), reçoit une gratification de 100 louis pour son ode *la Nymphe de la Seine*, et prépare *Amasie*, destinée au Marais.

L'Entrée du Roy et de la Reyne en leur ville de Paris, faite en vers héroïques par le s^r Magnon. 4°, A. de Sommaville.

ᴐᴴᴄ

Année 1661. (39 ans.)

—

Cinq troupes de comédiens à Paris : Hôtel, Marais, Molière, Mademoiselle et Espagnols.

S. 15 janvier. Le Roy chez Fouquet. Bal chez le président Tubeuf.

J. 20 — Ouverture du Palais-Royal par le *Dépit amoureux* et *le Cocu*. Recette : 500 liv.

Mazarin malade.

V. 28 janvier. *Camma*, de T. Corneille, à l'Hôtel de Bourgogne.

L. 31 — A Vincennes, pour le Roy : *Folle gageure et Gorgibus dans le sac.*

— — Achevé d'imprimer le programme de *la Toison d'or.*

V. 4 février. 1re représentation, au Palais-Royal, de DOM GARCIE DE NAVARRE ou le *Prince jaloux*, cinquième pièce de Molière.

L. 7 — Mazarin à Vincennes. — Incendie au Louvre.

Le Roy passe 4 jours à Saint-Germain.

D. 13 — 1re de *La Toison d'or* au Jeu de paume du Marais.

J. 17 — Répétition du grand ballet royal de l'*Impatience.*

S. 19 — Ballet de l'*Impatience* au Louvre.

D. 20. Arrivée de la reine d'Angleterre et de sa fille.

M. 22 — Ballet de l'*Impatience.*

V. 25 — 1re du *Tyran d'Egypte*, pièce nouvelle de Gilbert, au Palais-Royal (8 représentations).

S. 26 — L'abbé de Richelieu soutient une thèse en Sorbonne. — Ballet de l'*Impatience.*

L. gras 28 — Contrat de mariage du duc de Mazarin et d'Hortense Mancini. — Traité avec le duc de Lorraine. — Une fille de Montfleury épouse M. d'Ennebault.

M. 1er mars. Mariage Mancini à Saint-Roch.

J. 3 — Mazarin reçoit le saint viatique.

S. 5 — Mazarin très malade à Vincennes. Prières de 40 heures dans toutes les églises de Paris.

D. 6 — Testament de Mazarin. Acte de fondation du Collège des Quatre Nations et de la Bibliothèque Mazarine.

L. 7 — Mazarin reçoit l'extrême-onction.

M. 9 — Mort de Mazarin, à 2 heures et demie du matin, 58 ans.

J. 10 — Le corps de Mazarin exposé dans la chapelle du château de Vincennes.

V. 11 — Service religieux.

12 — 2e édition des *Précieuses* mises en vers par Somaize, in-12. J. Ribou.

M. 16 — Baptême Robert Pocquelin, mort le 2 avril.

V. 18 — Colbert entre au Conseil du Roy.

L. 28 — Le cœur de Mazarin porté aux Théatins.

J. 31 — Mariage, dans la chapelle du Palais-Royal, de Monsieur et d'Henriette d'Angleterre, âgée de 17 ans.

Pour M. de Vendôme, oncle de Monsieur : l'*Etourdi* et les *Précieuses*.

V. 1er avril. Clôture annuelle (part · 2,477 liv. 6 s.).

Molière ayant demandé une seconde part, il y a 13 parts dans la troupe.

Naissance de Charlotte La Thorillière (Mlle Baron).

M. 5 avril. L'épinette de Raisin devant le Roy.

V. 8 — Service à N.-D. pour feu M. le Cardinal.

L. 11 — Mariage de Marie Mancini avec le connétable Colonne, au Louvre.

D. 17 — Pâques.

M. 19 — Mariage, en la chapelle du Louvre, du grand duc de Toscane Cosme III de Médicis et de Marguerite-Louise d'Orléans.

J. 21 — A Paris, mariage de Jean Desurlis et de Magdeleine Hazard.

V. 22 — Le Roy et les Reines arrivent à Fontainebleau : Séjour de 8 mois (chasses, promenades, cadeaux, concerts, galiotes sur le grand canal, etc.).

L. 25 — Réouverture par *D. Bertrand de Cigarral*.

M. 26 — En visite chez M. Cattelan, secrétaire du Conseil : *D. Bertrand* et *Cocu*.

M. 3 mai. Comédiens de l'Hôtel de Bourgogne à Fontainebleau.

V. 6 — Au Palais-Royal, 1re du *Riche Impertinent*, comédie de S. Chappuzeau (8 représ. consécut.).

N. Mignard l'aîné, d'Avignon, fait les portraits du Roy et de la Reine.

Charles II couronné à Londres.

M. 10 mai. Achevé d'imprimer la *Toison d'or*, de P. Corneille.

S. 21 — Lulli nommé surintendant et compositeur de la musique de la Chambre du Roy ; Lambert maître de ladite musique.

D. 29 — Relâche de 15 jours pendant le Jubilé.

7 juin. Madeleine Béjart achète la Souquette, des époux Vauselle, 2,856 liv.

D. 12 — Réouverture par *Dépit* et *Précieuses*.

M. 21 — La *Folle gageure* de Bois-Robert fait 88 liv.

M. 22 — A Fontainebleau, tragédie par l'H. de B. à la Mi-Voie.

V. 24 — 1re, au Palais-Royal, de L'ECOLE DES MARIS, 6e pièce de Molière.

M. 28 — Reprise de *Huon de Bordeaux* (13 repr.).

Juillet. Trivelin malade.

M. 6 — Baptême, à Saint-Eustache, de Dominique, fils de Louis Béjart et de Gabrielle Falletière, rue du Chantre.

S. 9 — Chez Mme de La Trimouille, pour Mademoiselle : *Ecole des Maris*. — Privilège de l'*Ecole des Maris* pour 7 ans.

L. 11 — A Vaux-le-Vicomte, chez le surintendant

Fouquet : *Ecole des Maris*, devant la reine d'Angleterre, Monsieur et Madame.

M. 13 juillet. A Fontainebleau, devant le Roy : *Ecole des Maris* et *Cocu*, à la Mi-Voie.

Même spectacle le soir, chez Mme la Surintendante.

J. 14 — Chez le marquis de Richelieu, *Ecole des Maris*, devant les filles de la Reine, Mlle de la Motte d'Argencourt, etc. Départ pour Paris.

V. 15 — A Essonne, à la pointe du jour. A midi au Palais-Royal : *Huon de Bordeaux* et *Ecole des Maris*.

M. 26 — *Ballet des Saisons*, de Benserade et Lulli, dansé par le Roy, dans le parc de Fontainebleau, au bord de l'étang.

J. 28 — Obsèques du duc d'Epernon.

S. 30 — Ballet des *Saisons*.

M. 3 et **J.** 11 août. Ballet des *Saisons*.

L. 15 août. A Vaux-le-Vicomte, chez le Surintendant Fouquet.

M. 17 — 1re des FACHEUX, 7e pièce de Molière, devant le Roy, dans le jardin ; théâtre dans une allée de sapins. Le Roy venu de Fontainebleau, ayant dans sa calèche Monsieur, la comtesse d'Armagnac, la duchesse de Valentinois et la comtesse de Guiche ; la Reine mère et plusieurs dames dans son

16

carrosse; Madame en litière; on repart à 2 h. après minuit.

S. 20 août. Retour à Paris. — Achevé d'imprimer l'*Ecole des Maris*, avec estampe.

D. 21 — *Nicomède* et l'*Ecole des Maris*.

L. 22 — Lettre de La Fontaine à Maucroix, relation en prose et vers de la fête de Vaux.

M. 23 — Départ pour Fontainebleau. — Ballet des *Saisons*.

J. 25 — Saint Louis. *Les Fâcheux* (2°) avec ballet (Mlle Giraut). Addition de la scène du Chasseur, indiquée par le Roy lui-même.

Les Fâcheux (3e). Reçu pour les deux voyages : 15.428 liv.

Comédiens italiens à Fontainebleau pour cinq mois.

M. 31 — Au Collège de Clermont, *la Mort des enfants de Saül*, trag. latine du P. Darrouy, et ballet. Distribution des Prix.

1er septembre. Le Roy à Nantes.

Mlle de Scudéry aux Pressoirs du Roi, près Fontainebleau.

V. 2 — Retour à Paris : *Rodogune* et *Ecole des Maris*.

L. 5 — Arrestation de Fouquet à Nantes par d'Artagnan.

Emprisonnement de Pellisson à la Bastille.

M. 13 septembre. *Le Fagotier* et *le Cocu*.

V. 16 — Clôture par *Cocu* et *les Indes* (165 liv.).
    Mort de Brébeuf.

D. 18 — Interruption de 3 semaines. Fièvre
    épidémique dans le Royaume.

L. 19 — Le Roy visite les nouveaux bâtiments du
    Louvre et les travaux de la Salle des Ma-
    chines.

D. 9 octobre. Réouverture par *D. Japhet* et *la
    Pallas* (270 liv.).

L'*Académie des femmes*, c. de Chappuzeau,
    au Marais.

V. 21 — Le Roy à Fontainebleau. Mme de Sévigné
    aux Rochers.

M. 25 — *Le Médecin volant* avec *D. Japhet* fait
    188 liv.

L. 31 — Répétitions des *Fâcheux*.

M. 1er novembre. A midi, naissance à Fontaine-
    bleau du grand Dauphin. — Le Roy écrit
    au Pape, au roi d'Angleterre et au duc de
    Savoie. — Danses par les comédiens espa-
    gnols.

Naissance de Florent Carton de Dancourt.

Racine à Uzès, chez son oncle Sconin, tra-
    vaille à *Théagène et Chariclée*.

J. 3 — Lettre de P. Corneille à l'abbé de Pure.

V. 4 — 1re représ. au Palais-Royal des *Fâcheux*
    avec ses agrémens (39 repr. conséc.).

Le Médecin volant, en vers, de Boursault à l'Hôtel de Bourgogne.

S. 5 novembre. Collation à Franchard ; comédie.

D. 6 — Les cours souveraines vont saluer le Dauphin à Fontainebleau.

L. 14 — La Grange tombe malade et reste deux mois sans jouer ; Du Croisy prend le rôle d'Eraste.

S. 26 — En visite chez Monsieur, *Ecole des Maris* et *Fâcheux*.

M. 29 — Molière et Madeleine Béjart, parrain et marraine de Jeanne-Madeleine-Gresinde Prevost, fille de Marin Prevost et d'Anne Brillart (Saint-Merry).

D. 27 — Le Roy assiste à la première messe dite à Saint-Louis de Fontainebleau, érigée en paroisse distincte d'Avon.

L. 5 décembre. Le Roy quitte Fontainebleau.

M. 6 — En visite chez l'abbé de Richelieu : *École des Maris*.

M. 28 — Au Louvre, devant le Roy : *Ecole des Maris* et *Fâcheux*.

J. 29 — Mort du poète Saint-Amant.

S. 31 — Grande promotion de chevaliers des ordres du Roy dans l'église des Grands-Augustins.

—

Grande disette.

Travaux importants à l'église Saint-Paul, rue Saint-Paul.

L'Académie de peinture et de sculpture dans la galerie de l'hôtel Brion, qui fait partie du Palais-Royal.

La bibliothèque du Roy renferme 20,658 volumes et 6,088 manuscrits.

Pyrrhus, trag. de Th. Corneille, à l'H. de B.

La *Femme industrieuse*, comédie de Dorimond, au théâtre de Mademoiselle.

Le *Festin de Pierre* ou *le Fils criminel*, trag.-c. de Dorimond, au théâtre de Mademoiselle.

La Désolation des filoux, c. de Chevalier, au Marais.

Le *Grand Dictionnaire historique, poétique, géographique, cosmographique, chronologique et armoirique des Précieuses*, 2 vol. in-8°, J. Ribou.

Le prince de Conti succède à Gaston d'Orléans comme gouverneur du Languedoc.

Colbert est intendant des Finances.

Saint-Evremond sort de France pour éviter la Bastille : Hollande, puis Angleterre jusqu'à sa mort (1703).

Pharamond, roman de la Calprenède.

Conférences académiques et oratoires, de Richesource.

Clovis ou *la France chrétienne*, poème de Des-marets.

10ᵉ et dernier tome de la *Clélie*.

Le Cabinet du Roy Louis XI, par J.-B. Lher-mite, in-12, Quinet. — *Discours historique sur la maison de Mancini*, par le même, 4°, Paris.

L'abbé de Marolles appelle Molière « un co-médien fameux », dans une Épître à l'abbé de Condé [1].

Racine destine les *Amours d'Ovide* à l'Hôtel de Bourgogne.

☯

ANNÉE 1662. (40 ANS.)

—

D. 1ᵉʳ janvier. Cérémonie des chevaliers de l'Or-dre, aux Grands-Augustins.

D. 8 — Bal chez Monsieur.

S. 7 — M. de Rocquemartène chez Chapelain : il emprunte 1000 l., pour le compte de M. de Modène, au chapelier Daniel Brillard.

1. P. 454 du *Livre d'Ovide contre Ibis*, achevé d'im-primer le 30 avril. (Communication de M. A. Huyot, professeur au lycée Louis-le-Grand.)

L. 9 janvier. Les comédiens italiens recommencent à alterner avec Molière au Palais-Royal, les lundis, mercredis, jeudis et samedis.

M. 10 — La *Policrite*, de Boyer, à l'Hôtel de Bourgogne.

J. 12 — *La Toison d'or*, devant les Reines, au Marais.

L. 16 — En visite chez M. de Nevers : *Ecole des Maris* et *Fâcheux* (330 liv.). .

J. 19 — Ballet à 9 entrées, dansé chez Madame, devant le Roy.

V. 20 — Autre visite, chez M. de Nevers : *Ecole des Maris* et *Fâcheux* (300 liv.).

L. 23 — Contrat de mariage de Molière avec Armande Béjart, présents : Marie Hervé, Madeleine et Louis Béjart, Pocquelin père et André Boudet.

D. 29 — Bal chez la Reine.

Mort de Mme de la Roche-Guyon.

J. 2 février. Chandeleur. — Procession des chevaliers de l'Ordre, au Louvre. Bossuet prêche devant LL. MM.

D. 5 — Privilège des *Fâcheux*, pour 5 ans.

L. 6. — Traité avec le duc de Lorraine.

M. 7 — Ballet royal des *Amours d'Hercule* (Ercole amante) aux Tuileries, dans la salle neuve des Machines, pour son inauguration.

M. 14 février. En visite chez M. d'Equevilly : l'*Ecole des Maris*. — 2e d'*Hercule amoureux*, à la salle des machines, devant la Reine mère.

V. 17 — *Les Fâcheux* font 1,400 liv. de recette. — 3e d'*Hercule amoureux*.

S. 18 — Achevé d'imprimer les *Fâcheux*.

L. gras 20 — En visite, *les Fâcheux*. — MARIAGE, à Saint-Germain-l'Auxerrois, de MOLIÈRE et d'ARMANDE BÉJART. — 4e d'*Ercole amante*.

M. gras 21 — L'abbé Le Vayer prêche à l'Oratoire devant LL. MM.

J. 23 — En visite chez M. de Guénégaud : *les Fâcheux*.

Maximian, tr. de T. Corneille, à l'H. de B.

S. 25 — 1re de *Sertorius*, tr. de P. Corneille, au Théâtre du Marais.

— — Décès de Michel Le Masle, prieur des Roches, chantre et chanoine de Notre-Dame, inhumé le M. 28.

— — Plainte et information contre plusieurs laquais.

M. 28 — Baptême, au Louvre, du fils de Conti.

S. 4 mars. Raisin et ses trois enfants chez le Roy; l'épinette miraculeuse.

L. 6 — A Saint-Eustache, service solennel anniversaire de Mazarin.

J. 9 — Service à Vincennes.

J. 16 mars. Mi-carême. Course au manège royal.

S. 18 — Établissement des carrosses à cinq sols.

M. 21 — Monsieur et Madame à l'*Ecole des Maris* et au *Cocu*.

V. 24 — Réparation faite, au nom du Roy d'Espagne, par le comte de Fuentès.

D. 26 — Clôture annuelle. On donne 100 liv. pour les pauvres au curé de la paroisse (part : 4,310 l. 9 s.).

L. 27 — Naissance de Mlle d'Orléans. — Convoi de Bernardin Corier, cy-devant comédien, pris devant le Palais-Royal, porté aux Carmes de la place Maubert.

M. 28 — Mort de Bois-Robert.

J 30. — Lettres patentes pour l'établissement d'une Académie royale de danse.

L. 3 avril. Revue du Roy.

M. 4 — Mort du marquis de Richelieu.

D. 9. — Pâques.

M. 18 — Reprise du ballet : l'*Ercole amante*, aux Tuileries (5e).

— Mort de Jean Magnon, assassiné sur le Pont-Neuf.

M. 19 — Le Roy chasse à Vincennes.

J. 20 — En visite chez Mme de Soissons (Olympe Mancini) : l'*Ecole des Maris*.

V. 21 — Réouverture du Palais-Royal : *Sanche Panse* et *Cocu*.

17

S. 22 avril. 6e d'*Ercole amante*.

L. 24 — Le Roy au Cours.

M. 25 — 7° d'*Ercole amante*.

    P. Corneille écrit de Rouen à l'abbé de Pure.

M. 26 — Le soir, au Palais-Royal, pour M. de
    la Feuillade : *les Fâcheux*.

S. 29 — 8e d'*Ercole amante*.

    Le comte de Guiche en Lorraine.

    Le Mort Vivant, c. 3 a. v., de Boursault (H.
    de B.).

    Marotte Beaupré entre au Marais.

    Manlius Torquatus, tr. de Mlle Desjardins, à
    l'H. de B.

M. 2 mai. 9e d'*Ercole amante* (Madame y danse
    au lieu de la Reine, grosse).

M. 3 — Le Roy fait la revue du carrousel royal.

S. 6 — 10e et dernière d'*Ercole amante*.

D. 7 — La Cour à Saint Germain. Chasse.

L. 8 — A Saint-Germain-en-Laye, par ordre du
    Roy, pour 11 jours : *D. Japhet* et *Jalousie
    du Gros-René*. — M. 9, *Dépit amoureux*.
    — M. 10, *l'Estourdy*. — J. 11, *Ecole des
    Maris* et *Cocu*. — S. 13, *Jodelet prince*.
    — D. 14, *Fâcheux*. (Molière reçoit pour
    ce voyage 1,500 liv., et la troupe 1,500.)

J. 18. — Ascension.

V. 19 — Réouverture par l'*Ecole des Maris* et
    deux danses.

S. 20 mai. Le Roy à Saint-Germain.

D. 21 — Baptême, au Palais-Royal, de Mademoiselle.

M. 23 — Four.

: Mort d'Adam, menuisier de Nevers.

D. 28 — Relâche à cause de la Pentecôte.

L. 29 — Le Roy passe trois jours à Fontainebleau.

Scaramouche part à Florence.

L. 5 et M. 6 juin. En l'honneur de la naissance du Dauphin, grand carrousel du Roy, entre le Louvre et les Tuileries. Courses de têtes et de bagues. Le cortège se rend de la Place Royale à la cour des Tuileries, qui prend le nom de place du Carrousel.

S. 10 — La Thorillière et Brécourt, comédiens du Marais, entrent dans la troupe, qui comprend 15 parts.

M. 13 — Monsieur reçoit le Roy et la Reine mère à Saint-Cloud.

Remariage de Denis Buffequin avec Marie Aulmont, à Saint-Paul.

La Cour à Saint-Germain. Chasses.

V. 23 — *Sertorius*, de P. Corneille, est représenté au Palais-Royal avant d'être imprimé.

S. 24 — A Saint-Germain-en-Laye par ordre du Roy : 13 représentations devant LL. MM.

J. 29 juin. Mort de Noël Coypel.

S. 8 juillet. Achevé d'imprimer *Sertorius*, in-12, Courbé.

Tout juillet à Saint-Germain-en-Laye. Chacun des acteurs reçoit 100 pistoles (14,000 liv.).

V. 14 — *Théagène* de Gilbert, et le *Baron de la Crasse* à l'Hôtel de Bourgogne, devant Monsieur, Madame et leur suite. Harangue de Floridor.

24 — Mariage à Saint-Eustache de J. B. Lulli et de Madeleine Lambert.

M. 25 — Racine à Uzès, en Languedoc, chez son oncle Sconin.

Mort de M. Hesselin.

V. 11 août. La troupe revient de Saint-Germain.

D. 13 — Réouverture du théâtre : *Rodogune*.

M. 15 — Relâche pour l'Assomption.

J. 17 — Pour M. de Beaufort, fils du duc de Vendôme : *Dépit* et *Précieuses*, devant le Roy, la Reine mère, Monsieur et Madame, dans un jardin du faubourg Saint-Honoré. Grand orage.

S. 19 — Mort de Blaise Pascal, à 39 ans ; inhumé à Saint-Etienne-du-Mont.

D. 20 — Achevé d'imprimer la *Princesse de Montpensier* par Mᵐᵒ de La Fayette. — Insulte faite à Rome à M. de Créqui, notre ambassadeur, par les Corses de la garde du Pape.

M. 22 août. Au collège de Clermont, *Histoire d'Egerie*, tragédie tirée de Grégoire de Tours par le P. Du Bois, et Ballets.

30 — Le Roy à Saint-Germain.

M. 6 septembre. Mort de la Baron, comédienne illustre dans la Troupe Royale.

V. 8 — Relâche. Nativité N.-D.

M. 12 — En visite chez le maréchal de Gramont.

M. 19 — Le Roy revient de Saint-Germain.

M. 26 — Au Palais-Royal pour le Roy : *les Fâcheux*.

V. 29 — *Le Menteur*, et au Palais-Royal, pour le Roy : *Le Prince Jaloux*.

Nicolas Bonnenfant, marié à Louise Duchemin, demeure rue des Boucheries, paroisse Saint-Sulpice.

D. 1er octobre. Bal chez Monsieur, au Palais-Royal.

L. 9 — Entrée de l'ambassadeur danois.

V. 13 — *La Sœur*, de Rotrou (reprise).

S. 14 — Au Louvre, *La Sœur*, pour le Roy.

S. 21 — Au Louvre, l'*Ecole des Maris*.

Monsieur et Madame à Villers-Cotterets.

V. 27 — Le Roy achète Dunkerque 5 millions de livres.

S. 28 octobre. Morts de Pierre de Boissat, gentilhomme de la ch. de feu Gaston d'Orléans, et du P. Bourgoing, de l'Oratoire.

V. 3 novembre. Première d'*Arsace*, pièce nouvelle de M. de Prade, donnée par M. de Saint-Gilles (6 représentations). — Le Roy à Saint-Germain pour la Saint-Hubert.

L. 6 — Monsieur reçoit la Reine mère et le **Roy** à Saint-Cloud.

Retour de Scaramouche.

V. 17 — Première de *Tonnaxare*, ou *Oropaste*, pièce nouvelle de M. Boyer (15 représentations consécutives).

S. 18 — La Reine accouche d'une fille, Anne-Elisabeth.

M. 21 — *Te Deum* pour la naissance de la petite Madame.

M. 21 — Achevé d'imprimer l'*Étourdi*, qui paraît chez Barbin.

V. 24 — Achevé d'imprimer le *Dépit amoureux*, Barbin et Quinet.

J. 30 — Le Roy part à Dunkerque.

M. 6 décembre. Retour du Roy.

M. 26 — Première représentation de l'ÉCOLE DES FEMMES, 8e pièce de Molière (31 représ. jusqu'au 9 mars).

Démétrius et Persée, de Th. Corneille, à l'Hôtel de Bourgogne.

S, 30 décembre. Obsèques de la petite Madame
        à Saint-Denis; son cœur porté au Val-de-
        Grâce.

———

Lulli maître de musique de la famille royale
Racine revient d'Uzès.
Segrais reçu à l'Académie.
P. Corneille quitte Rouen et s'installe à Paris.
Le Brun, directeur des Gobelins.
Le Riche mécontent, ou *le Noble imaginaire,* c.
de Chappuzeau (H. de B.) imp. in-12 avec fron-
tispice gravé.
    Les Galands ridicules, c. de Chevalier, au
Marais.
    Le Baron de la Crasse, c. 1 a. v. de R. Poisson,
à l'H. de B.
    Le Prince Corsaire, tr. c. posthume de Scarron,
in-12.
    Champagne le coiffeur, c. de Boucher (Marais).
    Colin Maillard, c. 1 a. v. de S. Chappuzeau
(H. de B.), in-12, Loyson.
    L'Eloquence de la Chaire, par J. de Soudier, S[r]
de Riche-Source.
    Mémoires de La Châtre.
    Discours généalogique de la maison Del Bene,
par J. B. Lhermite, 4°, Paris.
    La Promenade, de La Mothe Le Vayer.

Entretiens familiers d'Erasme, traduits par S. Chappuzeau, in-12.

Foire Saint-Laurent, du 28 juin au 29 septembre.

Reprise, au Marais, de l'*Orphée,* de Chapoton, avec les machines de Denis Buffequin.

Mariage du duc de Bouillon et de Marie-Anne Mancini.

Hardouin de Péréfixe nommé archevêque de Paris.

ЭⳠᏟ

Année 1663. (41 Ans.)

—

L. 1er janvier. Le Roy entend la messe aux Feuillants et touche les malades aux Tuileries.
— Despréaux envoie à Molière ses *Stances* sur l'*Ecole des Femmes.*

S. 6. — Jour des Roys. Au Louvre, l'*Ecole des Femmes.*

L. 8 — Le Ballet du Roy : *Ballet des Arts,* dansé au Palais-Royal.

M. 10 — Mort du chirurgien Nicolas Mauvillain.

J. 11 — *Ballet des Arts,* musique de Baptiste

(Mlles Saint-Christophe, Hilaire, Cerca-
manan, La Barre).

L. 15 janvier. *Ballet des Arts* (Madame, Mlles de
Saint - Simon, Mortemart, La Vallière et
Mlle de Sévigné).

M. 17 — Grand froid. A Saint-Denis, service
pour la petite Madame.

J. 18 — *Ballet des Arts.*

A l'Hôtel de Bourgogne, *Sophonisbe,* tr. de P.
Corneille (Floridor, Montfleury, La Fleur,
Mlles des Œillets et Beauchâteau).

S. 20 — Devant le Roy, l'*Ecole des Femmes.*

D. 21 — Bal chez Monsieur.

L. 22 et J. 25 — *Ballet des Arts.*

S. 27 — Molière et Armande parrain et marraine
d'un enfant Du Parc, à Saint-Eustache.

L. 29 — Pour M. le comte de Soissons : l'*Ecole
des Femmes* à l'Hôtel de Soissons.

M. 30 — Pour M. le duc de Richelieu : l'*Ecole
des Femmes.*

M. 31 — Au Louvre, bal chez le Roy.

J. 1er février. Chez M. Colbert, en visite : *Ecole
des Femmes.*

V. 2 — M. de Créqui chez le Roy.

D. gras 4 — Chez M. de Boischaumont : *Prétieuses et Cocu.* — Privilège de l'*Ecole des
Femmes.*

M. gras 6 — Pour la maréchale de l'Hospital :

18

Ecole des Femmes. Mariage du marquis d'Antin et de Mlle de Mortemart. — Bal masqué au Palais-Royal.

Mort du docteur Merlet.

J. 15 février. Les *Nouvelles Nouvelles*, de Vizé.

J. 22 — *Ballet des Arts* dansé devant le cardinal d'Este, M. de Créqui, le duc de Mazarin, etc. (le Roy en berger).

M. 28 — Chez M. Sanguin, maître d'hôtel chez le Roy : *L'Ecole des Femmes*.

Le Roy chasse à Saint-Germain.

J. 1er mars. 1er n^o de la *Gazette d'Amsterdam*, hebdomadaire in-4°.

D. 4 — Mariage du duc de Savoie et de Mlle de Valois. — Privilège de *Sophonisbe*.

L. 5 — A Luxembourg, pour Mgr le duc de Beaufort et Mme de Savoie : *Ecole des Femmes*.

V. 9 — Clôture annuelle (Part : 3,117 l. 18 s.).

S. 10 — Mort de l'Electeur palatin Edouard.

L. 12 — La Calprenède reçoit une avance de 800 liv. pour une pièce qu'il doit faire.

L'Espy, âgé de plus de 60 ans, se retire à Vigray, près d'Angers.

S. 17 — Achevé d'imp. l'*Ecole des Femmes*, avec estampe de F. Chauveau.

Molière reçoit 1,000 liv. de pension du Roy, en qualité de bel esprit, « excellent poète comique ».

Remercîment au Roy, en vers libres, pet. in-4°,
    Luynes et Quinet.

D. 25 mars. Pâques.

Remercîment au Roy, par Corneille, 4° de 7 pp.

Le Roy et la Reine chassent à Versailles. —
    Monsieur et Madame à Saint-Cloud.

Mort de Guitaut.

M. 14 — Visionnaire brûlé vif en Grève.

V. 30 — Les Reines au Mont-Valérien.

L. 2 avril. Mariage, à St-Germain-l'Auxerrois, de
    l'arlequin Domenico Biancolelli et d'Ur-
    sula Cortesi (Eularia).

Baptême, à Saint-Etienne-du-Mont, de René,
    fils de François Chauveau, né la veille.

M. 3 — Chez Madame, au Palais-Royal : *Ecole
    des Femmes.*

J. 5 — Chez M. de Brissac, à l'Hôtel de Cossé,
    Id.

V. 6 — Réouverture par *Marianne* et l'*Ecole des
    Maris.*

10 — *Sophonisbe* achevé d'imprimer.

V. 13 — Mort du musicien Hotman.

Maladie de la Reine mère.

L. 16 — Nicolas Bonnenfant et sa femme de-
    meurent rue Sainte-Marguerite (p^sse Saint-
    Sulpice).

V. 20 — *Le Fagoteux.*

S. 21 avril. Le frère de De Brie, Etienne Villequin,
   est reçu à l'Académie Royale de Peinture.

   Discours divertissants et 5o *Lettres Galantes*,
   de Sorel.

S. 28 — A l'Hôtel de Bourgogne, *Nitétis*, trag.
   de Mlle Des Jardins.

   Le portier Gillot blessé.

   Mort de la marquise de Richelieu, seconde
   dame d'honneur de la Reine mère.

   Le prince de Conti à Paris.

J. 10 mai. Mort du duc de Longueville, gouverneur de Normandie.

D. 13 — Pentecôte. Relâche.

V. 18 — Service à la Sorbonne pour la marquise
   de Richelieu.

   Rougeoles de la Reine et du Dauphin.

L. 28 — LL. MM. à Versailles.

M. 29 — Le Roy a la rougeole.

V. 1er juin. *Ecole des femmes* et première représentation de la CRITIQUE DE L'ÉCOLE DES
   FEMMES (9e pièce de Molière).

   A l'H. de Bourgogne : 1re des *Intrigues d'O-*
   vide, pièce en machines, de Gilbert.

   La Troupe fait dire une neuvaine pour le Roy
   chez les Capucins.

D. 3 — Mort de la Mesnardière. Le Président de
   Périgny le remplace comme Conseiller et
   Lecteur du Roy.

J. 7 juin. Le Roy revient à Paris.

Grande revue des Régiments des Gardes.

D. 10 — Privilège de la *Critique*.

D. 17 — En visite chez Mme de Cœuvre : *Ecole des Femmes* et *Critique*. — Le cœur du duc de Longueville porté aux Célestins.

M. le Duc a la rougeole.

M. 19 — La Reine à Saint-Cloud : banquet, feu d'artifice.

M. 20 — Décri des passements d'or.

S. 23 — Veille de la Saint-Jean : feu d'artifice. — Molière parrain d'un enfant Boudet, à Saint-Eustache.

D. 24 — Naissance de Massillon, à Hyères.

Convalescence de la Reine mère.

L. 25 — Chez Mme de Brissac, *Ecole des Femmes* et *Critique*.

M. 27 — Le Roy à Saint-Germain avec la Reine, Monsieur, Madame, etc.

Mort de Geffroy, à Saint-Germain-en-Laye.

J. 5 juillet. Visite à Conflans, pour le duc de Richelieu : *Ecole des Femmes* et *Critique*, devant la Reine, Madame et Monsieur.

D. 8 — Le duc de Saint-Aignan reçu à l'Académie.

L. 9 — Pour le Roy : *Ecole des Femmes* et *Critique*, en public.

M. 10 juillet. Achevé d'imp. le *Recueil de la Suze*, pet. in-8º, Quinet.

D. 15 — Naissance de la petite La Thorillière.

M. 18 — La Reine et Monsieur à Vincennes : chasse, collation et bal.

Le Roy aux Gobelins : Le Brun.

20 — La ville et le comtat d'Avignon saisis et réunis à la couronne.

— — Achevé d'imp. *Naples françoise*, de J. B. Lhermite, 4º, J. Martin.

Août. Au Collège de Clermont : *Thésée*, trag. latine du P. Bouchet et 4 ballets.

Entrée à Rouen de M. de Montausier, gouverneur de Normandie.

S. 4 — Achevé d'imp. *Zélinde* ou la Véritable critique de l'Ecole des Femmes, de Vizé, in-12, de Luynes.

M. 7 — *La Critique* achevée d'imprimer, avec dédicace à la Reine mère.

M. 8 — Molière est parrain à Saint-Eustache, de la fille de la Thorillière, Thérèse-Marie-Jeanne (Mlle Dancourt) ; marraine : Mlle Du Parc.

S. 11 — La Reine mère au Val-de-Grâce ; les peintures de Mignard.

M. 14 — Relâche. — Veille de l'Assomption.

V. 17 — *L'Héritier ridicule*.

D. 19 et M. 21 août. Relâches. — Interruption
de 8 jours.

V. 24. — *Venceslas* et *Ecole des Maris*.

Foire Saint-Laurent : Arlequins, Sauteurs,
Danseurs, Géant. Comédies et ballets par
la petite troupe de Raisin.

Les Reines, le Dauphin, Madame à Vincennes.

S. 25 — Au matin, départ du Roy pour l'armée
de Lorraine (Châlons, Sainte-Menehould,
Verdun, Fresne, Metz, Bocourt, Nomeni,
Metz, Dormans).

D. 2 septembre. Le Roy entre à Marsal. Reddition de la ville.

M. 5 — A midi, le Roy à Vincennes (200 lieues
en 11 jours).

Le comte de Guiche part en Pologne.

M. 12 — A Vincennes, pour le Roy : *Ecole des
Femmes et Critique*.

M. 18 — Relâche. Anniversaire de naissance de
la Reine; feu d'artifice dans la grande
cour du château de Vincennes.

M. 25 — Monsieur et Madame à Villers-Cot-
terets. — Achevé d'imp. la 1ʳᵉ partie des
Délices de la poésie galante, in-12, J.
Ribou.

V. 28 — Relâche. — Mort de MM. de Vertha-
mon et Doujat, conseillers de la Grand
Chambre. — Le Roy à Fontainebleau.

S. 29 septembre. Par ordre de Mgr le Prince, à Chantilly pour une semaine (1,800 l.) :

Ecole des Femmes et Critique.

D. Garcie de Navarre.

Ecole des Maris, devant Monsieur et Madame venus de Villers-Cotterets.

Etourdi.

Dépit amoureux.

M. 3 octobre. A Vincennes, ballet des *Noces de Village,* de Benserade (le Roy ; Lulli, l'opérateur ; Mlle de Sévigné, une amazone).

V. 5 — Retour de Chantilly. Relâche.

D. 7 — Réouverture par le *Dépit amoureux.*

M. 9 — *Id.* Revue du Roy à Vincennes ; feu d'artifice de Montbrun-Sous carrière.

J. 11 — Ordre du Roy pour neuf jours à Versailles.

V. 12. — La Cour quitte Vincennes.

L. 15 — Le Roy, le Dauphin et les Reines quittent Vincennes.

16 — A Versailles, *D. Garcie de Navarre.*

Sertorius et *Ecole des Maris.*

J. 18 — *Fâcheux* et première de l'IMPROMPTU DE VERSAILLES, 10e pièce de Molière.

. 19 — A l'H. de B., *Nicomède* et le *Portrait du Peintre,* de Boursault.

A Versailles. *Dépit amoureux.*

— *D. Garcie* une seconde fois.

M. 23 octobre. Retour de Versailles (3.300 l.). Relâche.

V. 26. — Réouverture par *Venceslas et Fâcheux*. Le Roy à Fontainebleau. Le Dauphin est sevré.

Mort, au Grand-Andely, de la Calprenède.

V. 2 novembre. Les Trépassés. Relâche.

Racine à Paris. Despréaux à Crosne.

D. 4 — Première à Paris de l'*Impromptu de Versailles* et reprise de *D. Garcie*.

M. 7 — Service pour le feu cardinal, à St-Denis.

V. 9 — Entrée des ambassadeurs des 13 cantons suisses. Relâche.

M. 14 — Chez le maréchal de Gramont : *Cocu et Impromptu*, à l'hôtel de Gramont, rue Neuve-Saint-Augustin.

S. 17 — Achevé d'imprimer le *Portrait du Peintre, ou la Contre-critique*, de Boursault, in-12. Sercy.

D. 18 — A Notre-Dame, renouvellement d'alliance entre la France et les cantons suisses.

M. 20 — Relâche.

V. 30 — Achevé d'imprimer le *Panégyrique de l'Ecole des Femmes*, de Robinet.

J. 6 décembre. Conti tient les États à Pézenas.

V. 7 — Achevé d'imprimer la *Vengeance des Marquis* (dans les *Diversités galantes*).

L. 10 — Fiançailles du duc d'Anguien, fils de

19

Condé, avec Anne de Bavière, fille du feu duc palatin ; chez le Roy, au Louvre, deux troupes de comédiens.

M. 11 décembre. A l'Hôtel de Condé, pour le mariage de S. A. S. Mgr le Duc : *Critique* et *Impromptu* (400 liv.).

D. 16 — A l'Hôtel de Bourgogne, *Trasibule* et *l'Impromptu de l'Hôtel de Condé.*

M. 18 — *Les Cadenas,* ou le *Jaloux endormi,* c. 1 a. v. de Boursault (Marais).

M. 25 — Noël. Relâche.

27 — Mort de la Duchesse douairière de Savoie, Christine de France.

La Dame d'Intrigue, ou le *Riche vilain,* de S. Chappuzeau, à l'H. de B.

—

Refrin sur la Contre-Critique, à M. Boursault. — *Refrin sur les Impromptu,* à M. de Montfleury le jeune. — *Refrin sur l'Escole des Jaloux,* au même sieur de Montfleury le jeune. — *Refrin sur les différends des Trouppes de l'Hostel et du Palais,* par I. C. (Le Camus) in-4º de 4 pp. (Réimprimés à la suite de *l'Impromptu de l'Hostel de Condé*).

Molière habite la rue Saint-Thomas du Louvre.

Colbert établit l'Académie des Inscriptions et Médailles.

La Fontaine en Limousin.

Mascaron commence à prêcher en public.

Mort de P. Thomas de Girac, conseiller au présidial d'Angoulême.

Œuvres galantes, de l'abbé Cotin.

Le Cercle des Femmes savantes, par J. de la Forge, in-12, Trabouillet.

Le *Mont-Parnasse*, ou de la Préférence entre la prose et la poésie, par Sorel ? in-8°.

La *Carte de la Cour*, de G. Guéret (priv. 12 juin, ach. d'imp. 5 juillet), Trabouillet et Loyson.

La *Renommée aux Muses*, ode de Racine.

Jonas, poème de Coras.

Les Amours de Calotin, c. de Chevalier (Marais).

La Pompe funèbre de l'auteur du Faramond (La Calprenède), par Somaize.

Quatre dissertations de l'abbé d'Aubignac contre les pièces de Corneille *Sertorius*, *Sophonisbe* et *Œdipe*, in-12, J. du Breuil. (Achev. d'imp. 27 juillet).

Lettres patentes pour l'établissement de la Cie des Indes.

ANNÉE B. 1664. (42 ANS.)

—

Colbert succède à M. de Ratabon comme surintendant des bâtiments royaux.

M. 1er janvier. Le Roy entend la messe aux Feuillans. — *L'Ecole* et *la Critique* ne font que
230 livres 10 sols.

J. 3 — Visite chez Madame, au Palais-Royal :
Sertorius et *Cocu.*

J. 10 ou V. 11 — Première de la *Bradamante
ridicule,* du duc de Saint-Aignan, premier
gentilhomme de la chambre, pour le Roy.

14 — Mort de la duchesse de Savoie (Mlle de
Valois).

M. 15 — Privilège de l'*Impromptu de l'Hôtel de
Condé.*

J. 17 — Visite chez M. Le Tellier : *Impromptu*
et *Grand benêt de fils.*

V. 18 — Première de *Le Grand benêt de fils aussi
sot que son père,* pièce de Brécourt.

S. 19 — Naissance de Louis, 1er enfant de Molière. — Achevé d'imprimer l'*Impromptu
de l'Hôtel de Condé,* de Montfleury, in-12,
Pépingué.

M. 22 janvier. Visite chez M. Colbert, maître des requêtes : *Fâcheux* et *Benêt de fils.*

V. 25 — Certification pour Jeanne Rousseau, donnée par Molière et Jacques Martin, par-devant notaires.

D. 27 — M. de Guise assiste au spectacle : *Benêt* et *Bradamante.*

M. 29 — Au Louvre, dans l'appartement bas de la Reine mère, devant le Roy : LE MA-RIAGE FORCÉ, comédie-ballet, 11ᵉ pièce de Molière. (Beauchamps, Le Roy).

M. 30 — Le Roy et la Cour à Versailles.

J. 31 — Au Louvre : *Le Mariage forcé*, dans le salon de la Reine mère.

L. 4 février. Chez Madame, au Palais-Royal : *Mariage forcé.*

7 — Achevé d'imprimer les *Amours de Calotin.*

V. 8 — Mort du Mᵃˡ duc de la Meilleraye.

S. 9 — Chez Madame, au Palais-Royal : *Mariage forcé.*

M. 12 — Relâche.

M. 13 — Le Ballet royal des *Amours déguisez*, de Périgny, au Palais-Royal (Floridor, la Desœillets ; Mˡˡᵉ Dennebault, Vénus).

V. 15 — Première, au Palais-Royal, du *Mariage forcé*, avec le ballet et les ornements.

S. 16 — Louis Béjard et Armande tiennent, à Saint-Eustache, Gresinde-Louise, fille de

Marin Prévost et d'Anne Brillart (Nanon).
— *Amours déguisez.*

Foire Saint-Germain : *les Sept Merveilles du monde.*

18 février. *Amours déguisez.*

D. gras 24 — M. de Guise assiste au spectacle de la comédie-ballet : *Mariage forcé.*

M. gras 26 — Bal chez la Reine mère, au Louvre.

J. 28 — Le grand ballet des *Amours déguisez* dansé pour la dernière fois au Palais-Royal.

— — Baptême, à Saint-Germain-l'Auxerrois, du premier enfant de Molière, Louis. Parrain et marraine : le Roy et Madame, représentés par le duc de Créqui et la maréchale de Choiseul du Plessis-Praslin.

L. 10 mars. — La Cour à Saint-Germain.

D. 16 — Chez Mᵐᵉ de Rambouillet : *Ecole des Maris* et *Impromptu.*

L. 17 — Achevé d'imprimer la *Guerre comique,* par Ph. de la Croix, in-12. Bienfait.

17-21 — Brécourt entre à l'Hôtel de Bourgogne avec sa femme ; il est remplacé par Hubert, de la troupe du Marais.

M. 18 et V. 21 — Relâches. Interruption d'une semaine.

19 — Le Roy à Saint-Germain.

D. 23 — *Amours déguisez.*

M. 25 mars. Relâche pour l'Annonciation. — *Amours déguisez.*

V. 28 — Clôture annuelle (part : 4,534 liv. 4 s.). Service à Notre-Dame pour Madame Royale.

Condé et Mme de Longueville tiennent le fils du prince de Conti.

D. 13 avril. Pâques,

17 — — Ballet dansé à Saint-Cloud, en présence de Leurs Majestés.

M. 22 — Réouverture : l'*Héritier ridicule.*

Comédie et ballet à Saint-Cloud, chez Monsieur.

V. 25 — *Cinna* et *Gros-René écolier.*

D. 27 — *Gros-René petit enfant.*

L. 28 — A Saint-Sulpice : baptême d'un jeune More : parrain, le conseiller Barallon ; marraine, Mme de Montespan.

M. 29 — Le Roy et la Reine parrain et marraine du fils de Blouin. — Le Roy au Parlement ; Monsieur à la Chambre des Comptes ; Condé à la Cour des Aides. — Mariage à Saint-Eustache, de Léonard Ithier et de Marie-Blanche Mollier.

M. 30 — Par ordre du Roy, à Versailles, pour 3 semaines.

L'abbé Roquette remplace M. Singlin comme directeur de la duchesse de Longueville.

J. 1er mai. Le Roy et la Reine parrain et marraine du fils de Mme de Vervins.

La Cour à St-Cloud. — Guiche à Varsovie.

L. 5 — La Cour à Versailles. — Courses de bagues. Courses de Têtes. Concerts.

M. 7 — 1re journée : *Les Plaisirs de l'Ile enchantée.*

Les 4 âges. (Mlle Molière.)

Les 4 Saisons. (Mlle Du Parc.)

J. 8 — 2e journée : 1re de LA PRINCESSE D'ELIDE, 12e pièce de Molière.

V. 9 — 3e journée. *Le Palais d'Alcine*, ballet (Mlle Molière).

Les *Fâcheux.*

L. 12 — 6e journée : Les 3 premiers actes du *Tartuffe* ou l'Hypocrite.

M. 13 — 7e journée. Le *Mariage forcé* (Mlles Hilaire et La Barre).

M. 14 — A St-Denis, anniversaire de Louis XIII. — La Reine mère au Val de Grâce.

V. 16 — Le Roy à Fontainebleau jusqu'au 13 août. Naissance du duc de Valois.

V. 23 — Retour de Versailles (reçu 4,000 liv.). Relâche.

S. 24 — Molière à Fontainebleau.

D. 25 — Réouverture par l'*Ecole des Maris* et la farce de *la Casaque.*

V. 30 — Relâche.

S. 31 mai. Entrée du Légat à Lyon.

D. 1er juin. Pentecôte. Relâche. — Le Légat à
Marseille.

L. 2 — Mort, à Paris, du duc de Guise (Henri II
de Lorraine).

Service à Saint-Jean-en-Grève, pour le duc
de Guise.

Colbert établit la compagnie des Indes-Orien-
tales.

J. 5 — La troupe du Dauphin (Raisin) joue
pastorales, comédies et ballets au Palais
Royal (le petit Baron): *Tricassin rival*,
l'Andouille de Troyes, etc.

Les Nicandres, ou les Menteurs qui ne mentent
point, c. 5 act. de Boursault. (H. de B.)

La Joueuse dupée, c. de la Forge (Marais).

V. 20 — 1re, au Palais-Royal, de *la Thébaïde*,
1re tragédie de Racine.

L. 23 — Affaire probablement relative à la troupe
Raisin ; exempt et procureur. (Grimarest,
p. 102).

M. 25 — La Chambre de Justice à Fontainebleau, au sujet des finances et de Fouquet.

V. 27 — Le faussaire Guelin est pendu.

Le Légat à Nemours.

D. 29 — Portier Lafontaine, blessé.

S. 3 juillet. Le Légat à Fontainebleau. Corbeil.
Vincennes.

20

Visite le Raincy, Saint-Germain, Maisons, Ruel, Saint-Cloud.

J. 10 juin. A Versailles. Concert (Mlle Hilaire, Batiste et les Italiens, Signora Anna).

Œuvres de Brébeuf, publiées chéz Loyson et Ribou, par l'abbé de Pure.

Traité de physionomie, par le Sr de la Niolle.

14 juillet. Achev. d'imp. le *Nouveau Recueil de la Suze.*

M. 16 — Mort du peintre Michel Corneille. — Madame accouche d'un fils (duc de Valois) au château de Fontainebleau. — Feux et réjouissances chez l'Ambassadeur d'Angleterre, chez le comte de Vaillac, premier écuyer de Monsieur; au Palais-Royal, Boisfranc, trésorier de S. A. Métayer, Bouticourt, Chabry.

V. 18 — Fontaine de vin et feux chez Valdor.

L. 21 — La Troupe part à Fontainebleau pour 3 semaines :

4 fois la *Princesse d'Elide* devant M. le Légat, dans la grande salle.

1 fois *La Thébaïde.*

22 — Prise de Gigeri, par le duc de Beaufort.

V. 25 — Le Légat à Petit-Bourg.

D. 27 — Le Légat à Fontainebleau.

L. 28 — Entrée du Légat à Fontainebleau.

M. 29 — A Fontainebleau, audience donnée par

Louis XIV au cardinal Chigi, neveu et Légat *a latere* du pape Alexandre VII, pour satisfaction de l'injure faite dans Rome, à notre ambassadeur, en 1662.

M. 30 juillet. Le Légat chasse avec le Roy : *la Princesse d'Elide* (Mlles Hilaire et La Barre).

J. 31 — *Othon*, par les Comédiens de l'Hôtel, devant le Légat.

Mariage du conseiller Portail avec Mlle Chémeraud, fille d'honneur de la Reine mère.

V. 1er août. Revue du Roy, dans la plaine de Samois, en l'honneur du Légat. — Bataille de St Gothard.

S. 2 — Comédiens italiens.

D. 3 — *Œdipe* et ballet.

L. 4 — Lecture du *Tartuffe* devant le Légat. Bal.

M. 5 — Carrousel. — Audience de congé.

S. 9 — Entrée du Légat à Paris.

M. 12 — Départ du Légat.

M. 13 — Retour de Fontainebleau (3,000 liv.). Le Roy à Corbeil.

La Cour à Vincennes. — Mme de Montausier nommée Dame d'honneur de la Reine.

13 — *Le Roy Glorieux au Monde*, achevé d'imprimer.

D. 24 — Réouverture par *La Thébaïde* et le *Cocu*.

L. 25 août. Visite chez **M. Morant**, maître des Requêtes, pour le mariage de **M. de** Guiry : *id., id.*

M. 26. — Mme de Monglas assiste au spectacle: *Thébaïde* et *Cocu.*

D. 31 — Payé un orfèvre pour Racine. — 1er Placet pour *Tartuffe.*

Colbert est vice-protecteur de l'Académie Royale de Peinture et de Sculpture.

P. Mignard dans le Comtat.

M. 2 septembre. Four avec *Sertorius* et *Gros René Jaloux*, qui font 112 livres le **V. 5.**

J. 4 — A Vincennes : visite.

M. 9 — *Le Médecin par force.*

V. 12 — M. et Madame à Villers-Cotterets. — La Cour à Vincennes.

M. 16 et V. 19 — Relâches.

Mort de l'abbé Le Vayer, à 35 ans. — Lettre et *Sonnet* de Molière à son père, imprimés pour la première fois dans la seconde partie du *Recueil de pièces galantes de* Mme *la comtesse de La Suze* (1er déc. 1667.)

S. 20 — Par ordre de Monsieur, voyage à Villers-Cotterets, pour 8 jours :

Sertorius et *Cocu.*

Ecole des Maris et *Impromptu.*

Thébaïde.

Fâcheux.

D. 21 au J. 25 septembre. Le Roy à Villers-Cotterets.

J. 25 — 3 premiers actes du *Tartuffe*.

S. 27 — Retour de Villers-Cotterets (2000 liv. et nourris).

D. 28 — Réouverture par l'*Ecole des Maris* et les *Fâcheux*.

L. 29 — Le Roy fait la revue des Gardes du Corps dans l'enclos du parc de Vincennes.

M. 1er octobre. L'archevêque pose la première pierre de l'église Saint-Louis en l'Ile, commencée sur les dessins de Le Vau.

M. 7 — Relâche.

J. 10 — A Vincennes.

V. 11 — Baptême de Louis Pocquelin.

L. 13 — Par ordre du Roy, départ à Versailles, pour 12 jours. — 10 repr. : *Impromptu, Ecole des Maris, Ecole des Femmes, Cocu, Dépit, Etourdi, Fâcheux et Critique, D. Japhet, Sertorius, Thébaïde*, et encore *Ecole des Femmes*.

19 — Mariage de Claude Roze Rosimond et de Jeanne Capois.

V. 24 — Retour de Versailles (3,000 liv.). — Relâche.

D. 26 — Réouverture par l'*Ecole des Femmes*. — Comédie espagnole dans l'appartement de la Reine.

L. 27 octobre. Bal chez la Reine. — Achevé d'imp. les *Maximes* de La Rochefoucauld.

M. 28 et V. 31 — Relâches.

30 — Achevé d'imp. *la Thébaïde.*

Aventure du maréchal de Gramont (Lettre de Mme de Sévigné du 1er déc.).

Répétitions de *la Princesse d'Elide.*

D. 2 novembre. *L'Ecole des Femmes.*

L. 3 — Mort de Mme de Lyonne. — Fièvre de la Reine.

M. 4 — Relâche à cause de la mort de Du Parc.

V. 7 — Relâche. — A l'Hôtel de Bourgogne, 1re d'*Othon*, trag. de Corneille.

D. 9 — 1re de la *Princesse d'Elide*, avec tous ses agrémens.

L. 10 — Mort du petit Louis, 10 mois.

M. 11 — Convoi du petit Molière.

M. 12 — Ouverture du Parlement. — Morts de M. d'Ablancourt et de Pierre Marcassus. — M. de Modène emprunte 3,000 l. à Marin Tabouret, Sr de Tarny.

V. 14 — La Grange commence à annoncer à la place de Molière. Fouquet comparaît pour la 1re fois devant la Chambre de justice de l'Arsenal.

D. 16 — La Reine accouche d'une fille, Marie-Anne. — La comtesse de Guiche assiste à *la Princesse d'Elide.*

L. 17 novembre. La Reine très malade, reçoit le viatique.

J. 20 — Fouquet interrogé.

S. 22 — Donation de Geneviève Béjard à M. de Loménie.

M. 25 — Contrat de mariage entre Léonard de Loménie, et Geneviève Béjard ; présents: Marie Hervé, Louis et Madeleine Béjart, Molière et Armande, P. Mignard.

V. 28 — M. de Villeroy à *la Princesse d'Elide*.

S. 29 — Par ordre du Prince de Condé, visite au Raincy, maison de plaisance de la princesse palatine : *Tartuffe* en cinq actes, à huis-clos (1,100 liv.). — Arrêt à l'hôtellerie de Bondy, le bagage dans un bourbier.

Mort du président de Nesmond.

L. 1er décembre. Visite chez M. Colbert : *Ecole des Femmes* et *Impromptu*.

M. 2 — M. de la Viéville à *la Princesse d'Elide*.

M. 7 — Cambert reçoit de la troupe 300 livres.

M. 10 — Monsieur à la Chambre des Comptes. — Achevé d'imp. les *Nouvelles en vers* de La Fontaine.

S. 20 — Arrêt du Parlement qui exile Fouquet à Pignerol.

D. 21 — Visite chez M. des Rannes (rue des Marais ?) : *l'Etourdi*.

V. 26 décembre. Mort de la petite Madame. —
    Affaire Amblard : arrêt des 4 mois pour
    1,545 liv.

S. 27 — Pompe funèbre à Saint-Denis.
    Comète.

—

Despréaux habite, au faubourg Saint-Germain,
la rue du Colombier (auj. rue Jacob) où, trois fois
la semaine, se réunissent Molière, Racine, La
Fontaine et Chapelle. — Son dialogue, les *Héros
de Roman*.

Démolition de la tour de Nesle, pour les travaux du collège Mazarin.

Vivonne est maréchal de camp.

Canal du Languedoc commencé.

Le cavalier Bernin à Paris. — La colonnade du
Louvre : Claude Perrault.

*Relation des Divertissements que le Roy a donnés
aux Reines dans le parc de Versailles, écrite à un
gentilhomme qui est présentement hors de France.*
Signée : de Marigny, in-12, de Sercy.

Grande édition du *Théâtre* de P. Corneille,
2 vol. in-fo (achevé d'imprimer à Rouen le
15 sept. 1663). Beau portrait par Paillet, gravé
par Vallet.

Dictionnaire général de Ch. Sorel.

Bibliothèque françoise, du même, in-12.

Les Plaisirs de l'Ile enchantée, in-f°, R. Ballard.

Le Prince Corsaire, tr.-c. posthume de Scarron, est représentée à Passy.

Amitiez, amours et amourettes, de Le Pays, imp. à Grenoble.

Diversitez galantes, nouvelles attribuées à Villiers et à Vizé.

L'Ecole des Jaloux, ou *le Cocu volontaire*, ou *la fausse Turquie*, c. 3 act. de Montfleury fils, à l'H. de B.

L'Italie françoise, de J. B. Lhermite, 4°, Hénault.

L'entrée solennelle en la ville de Lyon du cardinal Flavio Chigi, par J. B. Lhermite, f°, Lyon, Fumeux.

Le Fou raisonnable ou *Fou de qualité*, c. 1 a. v. de R. Poisson, à l'H. de B.

Sentences et maximes de morale, de La Rochefoucauld, à La Haye.

Traité contre les Danses et les Comédies, de saint Charles Borromée.

Les chansons du Savoyard.

ANNÉE 1665. (43 ANS.)

—

Denis de Sallo fonde le *Journal des Savants*.

D. 4 janvier. Dernière de *la Princesse d'Elide*.
    (709 liv.).

M. 6 — Jour des Rois. Chez Mme de Sully :
    Ecole des Femmes.

Chez la Reine, l'*Astrate* de Quinault, par l'H.
    de Bourgogne, devant la Reine mère,
    Madame et Monsieur.

Comète.

7 — Privilège des *Plaisirs de l'île enchantée*, à
    R. Ballard.

Mariage de La Mothe Le Vayer, octogénaire,
    avec Mlle de La Haye.

Condé, Conti et le duc d'Enghien assistent,
    au collège de Clermont, à une conférence
    sur la Comète.

Réformation de l'ordre de Saint-Michel.

8 — Affaire Amblard : commandement.

9 — L'abbé de Richelieu meurt à Venise.

15 — Robert Pocquelin l'aîné est intéressé pour
    20,000 liv. dans la Compagnie des Indes.

L. 26 — Le Ballet royal de la *Naissance de Vénus*,
    du duc de Saint-Aignan et Benserade,

se danse trois fois la semaine au Palais-Royal (le Roy, Alexandre le Grand ; Monsieur ; Madame en Vénus ; Mme de Montespan). Musique de Lully. (Mlles La Barre, Hilaire et Saint-Christophe). Décors de Vigarani. Danses de Beauchamps, qui joue Pluton.

M. 27 janvier. Relâche.

31 — Achevé d'imp. les *Plaisirs de l'île enchantée*, in-8°, Ballard et Jolly.

M. 3 février. Relâche. — A l'hôtel de Nevers, chez Mme de Guénégaud, Despréaux lit quelques *Satires*, et Racine une partie de son *Alexandre* (Mme et Mlle de Sévigné, La Rochefoucauld et Mme de la Fayette).

J. 5 — Ballet royal de *Vénus céleste*, dansé pour la dernière fois le J. 12.

M. 10 — Relâche. — Affaire Amblard : requête présentée à la grand'Chambre.

V. 13 — Relâche.

S. 14 — Mascarade comique au Palais-Royal (Réception chez un gentilhomme de campagne), et l'*Après-souper des Auberges*, devant Madame convalescente.

D. gras 15 — Première du FESTIN DE PIERRE, treizième pièce de Molière : (1,830 liv.), 15 représentations.

La ville et le comtat d'Avignon rendus au Pape.

Bal chez Madame.

M. gras 17 février. Bal chez la Reine : Condé, Mademoiselle, le Roy, Monsieur, Madame, la Reine mère, le Nonce.

S. 21 — Loret dit, dans sa *Muze historique*, qu'il s'est fait à Paris plus de 6,443 bals depuis la veille des Roys.

D. 22 — La Reine mère entend prêcher l'évêque de Dax aux Carmélites de la rue du Bouloi.

Inondations.

M. 25 — Le duc de Sully reçu au Parlement.

L. 9 mars. A Vincennes, anniversaire de Mazarin.

M. 10 — Service aux Théatins pour le feu Cardinal.

M. 11 — Privilège du *Festin de Pierre*, accordé à L. Billaine pour 7 ans.

Mort de M. d'Ormesson, âgé de plus de 80 ans.

Mort de Guillaume Bautru.

Puget de la Serre annonce un *Mercure françois* mensuel.

V. 20 — 15e du *Festin de Pierre* (500 liv.). Clôture annuelle (part : 3,011 liv.). Mlle Du Croisy est déchue de sa part : 12 sociétaires.

R. Pocquelin nommé Directeur de la Compagnie des Indes.

D. 22 mars. La Passion.

M. 24 — Le Roy, la Reine et Monsieur à Chartres
pour trois jours.

S. 28 — Dernière *Lettre en vers* de Loret, malade.

31 — Arrêt du Parlement dans l'affaire Amblard.

D. 5 avril. Pâques.

8 — Permis d'imprimer les *Observations* de B.
A. Sr de Rochemont, sur le *Festin de
Pierre*.

— — Louise Montfleury épouse Du Landas
Dupin.

D. 12 — Quasimodo.

M. 14 — Réouverture par *Sertorius et Cocu*.
Suspension du *Journal des Savants*.

17 — Arrestation de Bussy-Rabutin, conduit à
la Bastille pour 16 mois.

V. 24 — 1re de *la Coquette* ou *le Favori*, de
Mlle Des Jardins (13 représentations).

28 — Mort de Balthazar de Monconys, à 54 ans.

Mai. Mort du gazetier Jean Loret.

17 — Mort de Madeleine Pocquelin, sœur de
Molière, inhumée le 18.

D. 24 — Pentecôte. Relâche. — Le privilège du
Festin de Pierre est présenté à la Chambre
des Libraires.

L. 25 mai. Première *Lettre en vers* de Mayolas à la duchesse de Nemours, et de Robinet à Madame.

M. 26 — Relâche.

M. 9 juin. Relâche.

V. 12 — Par ordre du Roy, à Versailles :

S. 13 — *Le Favori* dans un jardin du petit parc, sur un théâtre tout garni d'orangers. Prologue : Molière en marquis ridicule veut être sur le théâtre malgré les gardes, et engage un dialogue avec une marquise ridicule placée au milieu de l'assemblée. Intermèdes de Molière et Lulli. Ballet.

D. 14 — Retour à Paris. Relâche.

M. 16 — Relâche.

V. 19 — Réouverture par *D. Japhet.*
Le Roy à Saint-Germain-en-Laye. Lettres patentes confirmant l'acte de fondation, par Mazarin, du Collège des Quatre-Nations.

M. 24 — Combat naval de la Goulette, près Tunis : le duc de Beaufort.

28 — Privilège des *Révolutions de Naples*, accordé à J. Boullard.

V. 3 juillet. *Sanche Panse* (3 repr. cons. et 2 en août).

9 — Madame accouche d'une fille, morte en naissant.

M. 14 juillet. Relâche.

D. 19 — Première gazette de Boursault.
Réponse aux Observations sur le Festin de Pierre.

L. 20 — Mariage, à Roüen, de Léonard Cormier avec Madeleine Fisset.

1ᵉʳ ou 3 août. Mˡˡᵉ Molière accouche d'une fille, Magdeleine.

M. 4 août. Baptême, à Saint-Eustache, d'Esprit-Magdeleine : parrain, M. de Modène ; marraine, Madeleine Béjart. — *D. Japhet* (131 liv. 15 s.).

V. 14 — Relâche. La troupe, à Saint-Germain-en-Laye, devient « Troupe du Roy » avec 6,000 fr. de pension.

D. 16 — Réouverture par la *Folle Gageure.*
Lettre sur les Observations au *Festin de Pierre.*

26 — Assassinat du lieutenant criminel Tardieu et de sa femme.
Le Collège Mazarin est commencé par Lambert et d'Orbay, sur les dessins de Le Vau.

L. 7 septembre. Mort de Beauchasteau.

M. 8 (Nativité) et V. 11 — Relâches.

D. 13 — La troupe part à Versailles pour cinq jours :
Ecole des Maris et *Impromptu.*

L. 14 — 1ʳᵉ de l'AMOUR MÉDECIN, 14ᵉ pièce de

Molière, avec prologue, 2 entr'actes, musique de Lulli et ballet (3 représ.).

M. 15 et M. 16 septembre. *Amour médecin.*

J. 17 — Retour à Paris.

V. 18 — Relâche.

D. 20 — Réouverture par le *Favori* et l'*Ecole des Maris.*

M. 22 — 1re de l'*Amour Médecin* (1,966 liv.) au Palais-Royal. — Le Roy et la Reine à Villers-Cotterets pour 4 jours.

V. 25 — Ballet à 9 entrées, dansé par le Roy à Villers-Cotterets.

J. 15 octobre. Bail d'un appartement rue Saint-Thomas du Louvre, pour 3 années.

Molière vient demeurer rue Saint-Thomas du Louvre.

S. 17 — Pose de la première pierre de la façade du Louvre. Cl. Perrault commence l'exécution de ses plans.

J. 22 — Mort, à Paris, du duc César de Vendôme, à 71 ans.

1re de la *Mère Coquette* de Quinault, à l'Hôtel de B. (Mlle Dennebault).

V. 23 — 1re de la *Mère Coquette*, com. de Vizé, au Palais-Royal, (14 représ.).

30 — Racine inscrit pour 600 liv. sur la liste des gratifications des gens de lettres; Despréaux, pour 1,200.

D. 1er novembre. Relâche pour la Toussaint.

3 — La Saint-Hubert à Versailles.

6 — Achevé d'imprimer le 1er vol. de l'*Histoire des Révolutions de Naples*, par M. de Modène.

D. 8 — Par ordre de M. le Prince, au château du Raincy, chez Mme la princesse Palatine : *Tartuffe*, en 5 actes, et *les Médecins* (1,100 l.).

D. 15 — Première gazette en vers de Perdou de Subligny : *La Muse de Cour*.

. 19 — Le Poussin meurt à Rome, âgé de 71 ans.

La Reine mère au Val-de-Grâce.

M. 1er décembre. Relâche.

V. 4 — 1re, au Palais-Royal, d'*Alexandre et Porus*, tragédie de Racine.

L. 7 — Visite chez Monsieur, au Palais-Royal : *Ecole des Femmes*.

M. 8 — Relâche.

V. 18 — *Alexandre* à l'Hôtel de Bourgogne.

V. 25 — Relâche pour Noël.

D. 27 — *Alexandre* fait 277 liv. 5.

Maladies de Molière et de la Reine mère.

M. 29 — Relâche jusqu'au 21 février. Interruption de 55 jours.

M. 30 — Privilège de l'*Amour Médecin* pour 5 ans.

22

Le *Berger fidèle*, traduit par l'abbé de Torches, chez Quinet.

Bulle du Pape condamnant la doctrine de Jansénius.

Colbert établit la manufacture des glaces de Reuilly.

Naissance de Marie-Madeleine Lenoir, quatrième enfant de La Thorillière.

Vivonne est capitaine général des galères.

Les grands jours d'Auvergne : Fléchier y assiste.

Mort du peintre Dufresnoy à 54 ans.

L'Ecuyer ou *les Faux Nobles mis au billon*, c. 5 actes, vers, de Claveret.

Tarsis et Zélie, de Le Vayer de Boutigny.

Les Dames illustres, de D^llo Jacquette Guillaume. in-12, T. Jolly.

Divers plaidoyers de Bonaventure Fourcroi *touchant la cause du gueux de Vernon*, et autres sujets. in-4°, Billaine.

Canonisation de François de Sales.

Les *Satires II* et *IV* de Boileau paraissent dans le *Nouveau Recueil de pièces galantes*.

Contes de La Fontaine.

Mort de Puget de la Serre.

La Muse coquette de Colletet.

Les Yeux de Philis changés en astres, pastorale, 3 actes, en vers, de Boursault (H. de B.).

L'Après-soupé des Auberges, ou le Marquis bahu-

tier, comédie, 1 acte, en vers, de R. Poisson, à
l'H. de B.

Histoire amoureuse des Gaules, de Bussy-Rabutin, composée depuis 10 ans.

Champmeslé à Orléans; son mariage à Rouen.

Réflexions ou sentences et maximes morales, de La
Rochefoucauld, Paris, Barbin (27 octobre 1664).

Entretiens poétiques et lettres morales, du P. Le
Moyne.

Réconciliation du Mérite et de la Fortune, dialogue, prose et vers, de Saint-Réal, in-12, Barbin.

Voyage et séjour du cavalier Bernin (Journal
de Chantelou).

Le P. Rapin, S. J. publie en latin son poème
des *Jardins*, inspiré par Ruel.

Vers signés I. B. P. Molière sur l'estampe de
F. Chauveau : *La Confrairie de l'esclavage de N.-D.
de la Charité.*

Histoire généalogique de la maison de Souvré, par
J. B. Lhermite, 4°, J. Langlois.

Canal des deux mers (Riquet).

☙

ANNÉE 1666. (44 ANS.)

—

L. 4 janvier. L'abbé Gallois dirige le *Journal des Savants*.

S. 9 — Au Palais-Royal, fiançailles du marquis du Roure avec Mlle d'Artigny, fille d'honneur de S. A. R. — A l'hôtel de Créqui, festin suivi de la mascarade *le Triomphe de Bacchus dans les Indes*, dansée devant le Roy. (Mlles Hilaire et d'Estival.)

L. 11 — Le Roy, Monsieur et Madame au théâtre du Marais : *les Amours de Jupiter et de Sémélé*, de Boyer.

M. 13 — Achevé d'imprimer *Alexandre*.

V. 15 — Achevé d'impr. l'*Amour Médecin*, avec frontispice gravé.

M. 20 — Mort de la Reine mère, à 64 ans.

V. 22 — Le cœur d'Anne d'Autriche porté au Val-de-Grâce.

V. 5 février. Montfleury fils épouse une fille de Floridor, Marie-Marguerite de Soulas.

S. 20 — Mort, à la Grange-des-Prés, du prince de Conti, 37 ans.

D. 21 — Réouverture par *Sertorius* et *les Médecins*.

M. 23 février. Relâche.

Foire Saint-Germain.

1re d'*Agésilas*, tr. de P. Corneille, à l'H ôtel de Bourgogne.

6 mars. Privilège des *Satires* de Despréaux.

S. 20 — Arrêt rendu entre la troupe de Molière et le syndic des créanciers de F. Amblard, marchand de bois à Paris.

L. 22 — Edit contre les usurpateurs de noblesse.

M. 23 — Relâche.

V. 2 avril. Relâche.

D. 11 — Clôture annuelle par *le Dépit* et *les Médecins* (part : 2,243 liv. 5 s.).

D. 25 — Pâques.

L'abbé Roquette nommé évêque d'Autun.

D. 9 mai. Réouverture par *Sertorius* et *le Cocu*.

M. 11 — Relâche.

S. 15 — Dernière gazette de Boursault. Suppression obtenue par les Cordeliers et retrait de son privilège.

M. 18 — Relâche.

M. 25 et V. 28 — Relâches. — 1re d'*Antiochus*, de T. Corneille à l'H. de B.

M. 1er juin. Pentecôte. Relâche.

M. 2 — Le Roy à Fontainebleau, par Essonne.

V. 4 — 1re représentation du MISANTROPE, 15e pièce de Molière, 1,447 liv. 10 s. (21 rep. conséc.).

D. 13 juin. Pentecôte. — Relâche.

L. 21 — Privilège du *Misantrope* ou l'*Atrabilaire amoureux*, donné pour 5 ans.

L. 28 — Acte de société entre Buffequin et les comédiens du Marais.

Au château de Fresnes, théâtre de société, chez Mme du Plessis-Guénegaud.

V. 2 juillet. Relâche) à Fontainebleau?
D. 4 — Relâche } Interruption
M. 6 — Relâche) d'une semaine.

M. 27 — Relâche.

Les *Intrigues amoureuses*, c. 5 actes v. de G. Gilbert (H. de B.).

M. 3 août. Relâche.

V. 6 — 1e du MÉDECIN MALGRÉ LUI, 16e pièce de Molière, précédé de la *Mère Coquette.*

V. 13 — Arrêt du Conseil privé pour Madeleine Béjard contre A. Baralier.

D. 15 — Relâche pour l'Assomption.

Le Jaloux invisible, c. de Brécourt, à l'H. de B. : trio bouffe de Cariselli, par Cambert.

18 — Le Roy quitte Fontainebleau, et couche à Petit-Bourg.

D. 22 — Le Roy à Vincennes.

L. 23 — Achevé d'impr. la *Dissertation sur la condamnation des Théâtres*, par l'abbé d'Aubignac.

V. 3 septembre. Le *Misantrope* et le *Médecin malgré lui* ensemble pour la 1re fois.

Mort de l'avocat Claude Gaultier.

Maladie du Saint-Père.

Mignard achève la décoration de la coupole du Val-de-Grâce.

M. Defita nommé lieutenant criminel.

M. de Périgny nommé précepteur du Dauphin.

D. 12 — Représentation donnée par les petits comédiens de la troupe Dauphine : la petite de Beaulieu.

Mlle Lhermite de Vauselle fabrique du girasol, au Courval en Normandie.

Claude Boyer reçu à l'Académie.

J. 23 — Mort, rue Payenne, de François Mansart.

Mademoiselle revient à la Cour.

J. 30 — Nouvelle édition du *Cocu*, sans épîtres ni argumens.

2 octobre. Naissance, à Vincennes, de Mlle de Blois (Marie-Anne de Bourbon).

V. 8 — Reprise des *Médecins*. — Privilège du *Médecin malgré lui*, pour 7 ans.

L. 11 — Privilège autorisant Subligny à prendre le titre de *Muse Dauphine*.

V. 15 — Reprise du *Misantrope*.

Fête dansante offerte par la Reine à ses filles d'honneur.

Le Roy, la Reine et le Dauphin à Saint-Germain.

Monsieur et Madame à Paris.

22 octobre. S. Chappuzeau reçu bourgeois de Genève.

M. 26 — Contrat de mariage de M. de Modène et de Madeleine de l'Hermite. — *Fâcheux et Médecins* (248 l. 10 s.).

Camma, de T. Corneille, à la Cour, par la troupe royale.

Novembre. Le Roy chasse par un temps affreux. Bal offert aux dames de la Cour.

S. 6 — Saint-Hubert. — Privilège du *Traité de la comédie et des spectacles selon la tradition de l'Eglise*.

D. 7 — Comédie et ballet devant le Roy. Mort du comte de Brienne.

M. 16 — Relâche. Le Louvre est achevé. Préparatifs du *Ballet des Muses*.

Assassinat de l'abbé Bruneau ; P. de Carcavi nommé à sa place garde des médailles.

J. 25 — (au lieu de V. 26) *Ecole des Maris et Médecin malgré lui*. — Privilège d'*Attila*. Chez Monsieur : le *Misantrope*.

M. 1er décembre. Par ordre du Roy, départ à

Saint-Germain-en-Laye pour deux mois et trois semaines.

Ballet des Muses, livret in-4° de Ballard.

J. 2 décembre. On commence le *Ballet des Muses*, à 13 entrées, de Benserade.

3e entrée : MÉLICERTE, pastorale héroïque, 17e ouvrage de Molière.

6e entrée, *les Poètes*, comédie par la troupe royale, avec une mascarade espagnole.

Pluies continuelles.

8 — Mort du duc de Valois, enterré à St-Denis.

Baron quitte Molière et rentre dans la troupe de la Raisin.

14 — Testament de M. de Modène.

V. 17. — Approbation des Docteurs pour le *Traité de la Comédie*.

S. 18 — Achevé d'imprimer le *Traité de la Comédie*, œuvre posthume du prince de Conti.

M. 21 — Les registres de la librairie donnent au *Misantrope* le sous-titre de l'*Atrabilaire amoureux*.

Le Roy visite les travaux du Louvre.

V. 24 — Achevé d'imprimer le *Misantrope* et le *Médecin malgré lui*, chez Ribou, in-12, avec frontispices gravés.

Lettre écrite sur la comédie du Misantrope, attribuée à J. D. de Vizé.

1re *Visionnaire* de Nicole.

23

Lettre de Racine à l'auteur des *Imaginaires*.

L'évêque de Périgueux consacre l'église des Augustins : l'archevêque de Paris y célèbre la 1re messe.

Mariage religieux Modène-Lhermite, à Saint-Paul.

Nouvelles représentations du *Ballet des Muses*.

—

Les *Œuvres de M. Molière,* en 2 vol. in-12, G. Quinet, avec frontispices de F. Chauveau (achevé d'imp. du 23 *Mars*).

P. Mignard fait le portrait de Molière.

Félibien historiographe du Roy et de ses bâtiments, arts et manufactures.

Lettres patentes instituant l'Académie des sciences.

Établissement d'une académie de France à Rome : Ch. Errard, directeur.

Le *Courrier boîteux*, gazette.

Paris en vers burlesques, de Berthod.

Commencement de la mode du café.

J.-Armand Mauvillain doyen de la Faculté de Médecine de Paris.

Les Devoirs des Grands, par Mgr le prince de Conti, *avec son testament*, in-12, D. Thierry.

2e vol. des *Révolutions de Naples,* de M. de Modène.

Pellisson sort de la Bastille.

Lemaistre de Sacy à la Bastille.

La Ménagerie et *la Critique désintéressée*, de Cotin.

Le *Malherbe* de Ménage.

On commence la colonnade du Louvre.

Mort du libraire Rocolet.

La bibliothèque du Roy transférée du grand couvent des Cordeliers à la rue Vivienne.

Mort de Montreuil à 37 ans.

Œuvres de Mathieu de Montreuil.

I Rifiuti di Pindo, poésies d'Aurelia Fedeli, actrice italienne (éloges de Molière, Corneille, Racine, abbé de Pure).

Les sept premières *Satires* de Despréaux.

Contes de La Fontaine.

Le *Roman bourgeois*, de Furetière, in-8º.

Délices de la poésie galante des plus célèbres auteurs de ce temps, in-12, J. Ribou.

La *Noce de Village*, com. en 1 acte, en v. de Brécourt, à l'Hôtel de Bourgogne.

Les Amours de Jupiter et de Sémélé, pièce à machines, de Boyer, au Marais (le machiniste D. Buffequin).

La *Drammaturgia*, d'Allacci, imprimée à Rome.

Mort du duc d'Harcourt, grand écuyer de France.

M. Le Tellier est chancelier de France ; remet sa charge de secrétaire d'Etat à son fils Louvois.

☯

ANNÉE 1667. (45 ANS.)

—

Tout janvier. A Saint-Germain-en-Laye.

S. 1er janvier. L'abbé Le Tellier prêche son premier sermon.

M. 4 — Arrêté de compte entre Pocquelin père et André Boudet.

D. 2 — La Reine accouche d'une princesse (Marie-Thérèse de France). Réjouissances à Saint-Germain et à Paris.

Madame reprend son rôle dans le *Ballet des Muses.*

M. 5 — La PASTORALE COMIQUE (Coridon) remplace *Mélicerte* à la 3e entrée.

S. 8 — *Ballet des Muses.*

M. 19 — Molière donne quittance de 2,200 liv.

20 — Bout de l'an d'Anne d'Autriche : oraison funèbre par l'abbé Bossuet.

M. 25 et V. 31 — *Ballet des Muses.*

Collation à Versailles et grandes eaux. Revue

du Roy ; d'Artagnan, lieutenant de la
1re compagnie des mousquetaires.

3o janvier. La *Chute de Phaéton*, ballet, dansé à
Marseille.

M. 2 février. Mariage de la fille aînée de Colbert, Jeanne-Marie, avec le duc de Chevreuse. Réjouissances à l'hôtel Colbert.

— — Mariage du marquis de Lavardin avec
Mlle de Luynes.

S. 5 et 12 — *Ballet des Muses*. Monsieur et Madame à la foire à Saint-Germain.

L. 14 — LE SICILIEN, ou l'*Amour peintre*, 18^e
pièce de Molière.

Préparatifs d'un carrousel à Versailles.

Concerts de Lulli.

Comédiens de l'Hôtel, espagnols et italiens.

Le cardinal de Retz revient à la Cour, reçu
par le Roy.

S. 19 — *Ballet des Muses* pour la dernière fois,
en présence des ambassadeurs étrangers.

D. 20 — Retour de Saint-Germain (12,000 liv.).
Relâche.

M. gras. 22 — Relâche. Grand carrousel de Versailles. Bal masqué.

V. 25 — — Réouverture, après trois mois d'interruption, par *Marianne* et le *Médecin
malgré lui*.

La Cour à Versailles.

Mort du prince de Guéménée, à 80 ans.

M. 1ᵉʳ mars. *Sertorius* et le *Cocu* font 219 liv.

La Cour quitte Versailles et retourne à Saint-Germain.

V. 4 — 1ʳᵉ d'ATTILA, trag. de P. Corneille qui reçoit 2,000 liv. (La Thorillière, Mˡˡᵉ Molière.)

D. 6 — A. Bontemps, 1ᵉʳ valet de chambre du Roi, gouverneur de Versailles, épouse à Saint-Louis-en-l'Ile Mˡˡᵉ Bosc, âgée de 13 ans. A la soirée de mariage : *Attila.*

Le Roy visite la foire Saint-Germain.

V. 25. Annonciation. Relâche. — La Cour passe 4 jours à Versailles.

Le P. Mascaron prêche le carême devant la Cour.

M. 29. Clôture annuelle par *Attila* et l'*Amour Médecin* (part : 3,352 liv. 11 s.).

L'*Ode aux Muses sur le portrait du Roy*, par le comte de Modène, in-4°, Cramoisy.

Mˡˡᵉ Du Parc passe à l'Hôtel de Bourgogne : 11 parts.

Le Palais-Royal reste fermé un mois et demi.

Mademoiselle part pour Saint-Fargeau.

Revue du Roy dans la plaine d'Houilles : petite guerre.

S. 9 avril. Première exposition de peinture.

D. 10 — Pâques.

D. 17 avril. Grave maladie, tient Molière deux
     mois éloigné du théâtre. On dément le
     bruit qui avait couru de sa mort.

18 — Molière prête 1,000 liv. à Jacques Cros-
     nier, sʳ du Perche.

L'abbé de Roquette sacré évêque d'Autun.

Turenne nommé Maréchal de camp-Général.

Colbert reçu à l'Académie Française.

Camp sur les bords de la Seine : le Roy pré-
side les manœuvres de 4 jours.

Mai. Molière malade.

M. 11 — Le Roy à Saint-Germain. Règlement
     qui conserve à Colbert le détail de la
     marine et du commerce.

Mˡˡᵉ de la Vallière créée duchesse.

S. 14 — Mort de Georges de Scudéry, 66 ans.

D. 15 — Réouverture par *Attila* et la 1ʳᵉ de la
     Veuve à la Mode, c. de Vizé.

L. 16 — Mort de F. Guénault, 1ᵉʳ médecin de
     la Reine, rue des Noyers, 77 ans.

La Reine, régente pendant la campagne de
     Flandre.

Le Roy fait la revue des troupes à Avesnes.

S. 21 — Racine inscrit pour 800 liv. sur la liste
     des gratifications.

S. 28 — Prise d'Armentières, par le duc d'Au-
     mont.

D. 29 — Relâche pour la Pentecôte.

M. de la Reynie, lieutenant de police.

M. 31 mai. Relâche. — A l'H. de B. *les Poètes*, de Quinault.

J. 2 juin. Prise de Charleroi, par Turenne.

V. 3, D. 5, M. 7 — Relâches.

Madame à Saint-Cloud ; la Reine, le Dauphin et Mlle à Compiègne.

6 — Privilège des *Mémoires du duc de Guise*, accordé à Saint-Yon.

V. 10 — Après une interruption de 2 semaines, 1re du *Sicilien*, avec les entrées, précédé d'*Attila*.

Le Roy fait présent de riches mantes à Mlles Molière et de Brie.

D. 12 — Prise de Furnes, par le maréchal d'Aumont.

V. 17 — Le Roy quitte Charleroi.

L. 20 — Molière donne pouvoir à Claude Lelong, bourgeois et marchand de Melun, de pour lui et en son nom recevoir de François de la Court tout ce qui peut être dû des sommes prêtées en 1665 (Moufle et Lenormand, no^{es}.).

M. 21 — Les astronomes de Paris, au faubourg Saint-Jacques, tracent une méridienne et déterminent la position géographique du lieu.

L'*Anaxandre*, nouvelle de Mlle Des Jardins, est
    publiée à Paris, in-12, à Bruxelles, in-8°.

Le Roy au Siège de Tournai.

V. 24 juin. Prise de Tournai.

Roquette part pour son évêché d'Autun,
    14 mois après sa nomination.

V. 1er juillet. Relâche. *Te Deum* solennel pour
    la prise de Tournai.

S. 2 — Arrivée du Roy devant Lille.

  4. — Siège de Douai.

D. 3 et M. 5 — Relâches. *Te Deum* à Saint-
    Denis.

J. 7 — Entrée du Roy à Douai.

V. 8 — Le Roy à Compiègne.

L. 18 — Prise de Courtrai.

M. 26 — Relâche. Assassinat de la marquise de
    Grange.

S. 30 — Siège d'Audenarde.

D. 31 — Traité de Breda, qui met fin à la guerre
    entre l'Angleterre, la Hollande et la
    France.

Molière lit *Tartuffe* chez Madame.

Translation des restes de Descartes à Sainte-
    Geneviève.

L. 1er août. Mme de Sévigné à Fresnes.

J. 4 — Distribution des prix au collège de
    Clermont : *Andronic martyr*, tragédie, et
    le *Ballet de l'Innocence*. J.-B. Colbert, fils

24

du surintendant, y soutient ses premières
thèses.

V. 5 août. 1re du *Tartuffe* (1,890 liv.).

— — Sentence des Requêtes du Palais entre le
chantre et le trésorier de la Sainte-Chapelle (origine du *Lutrin*).

S. 6 — Un huissier de la Cour du Parlement
vient de la part du premier président,
M. de Lamoignon, défendre *Tartuffe*.
Porte de la Comédie fermée et gardée.

D. 7 — Relâche. — Interruption de sept se-
maines. — Molière se plaint à Madame.
Delavau chez Lamoignon. Lamoignon chez
Madame. Molière et Despréaux chez
M. de Lamoignon.

L. 8 — Investissement de Lille.

— — La Grange et La Thorillière partent en poste
pour aller trouver le Roy au siège de Lille
en Flandre, porteurs du *Second placet* (le
voyage coûte 1,000 liv. à la troupe).

M. 10 — Le Roy arrive devant Lille.

J. 11 — Mandement de l'archevêque de Paris,
Hardouin de Péréfixe, contre la représentation, la lecture ou l'audition du *Tartuffe*.

L. 15 — Assomption. L'archevêque bénit la nouvelle église Saint-Nicolas du Chardonnet,
non terminée.

M. 16 — *Scaramouche Ermite* au théâtre Italien.

Héro et Léandre, trag. de Gilbert, et l'*Infante Salicoque, ou le Héros de Roman*, de Brécourt, à l'H. de B.

J. 18 août. Ouverture de la tranchée devant Lille.

S. 20 — *Lettre sur l'Imposteur*, in-12, de 124 pages.

D. 21 — Molière à Auteuil, avec Chapelle (maison Grou de Beaufort. *Bail à retrouver*).

Mort du médecin Hélie Beda des Fougerais.

D. 28 — Capitulation de Lille. Entrée du Roy dans la ville.

Réjouissances à Paris pour la prise de Lille : les transparents peints par Gissey.

M. 7 septembre. Retour du Roy à St-Germain.

Mariage de M. de Harlay avec Mlle de Lamoignon.

Au Roy, sur son retour de Flandre, pièce de 94 vers, par P. Corneille, 4° de 4 pp.

D. 25 — Réouverture par le *Misantrope*.

Petit fort construit près de Luxembourg, pour l'instruction et le divertissement de la jeune noblesse : petites guerres.

2 — Naissance du comte de Vermandois.

M. 4 octobre. Relâche.

V. 7 — Reprise de la *Veuve à la Mode*. (8 rep.).

M. 11 — Relâche. — Reprise du *Ballet des Muses* et bal.

M. 18 octobre. Relâche. Le Roy visite les Tuileries; reçu aux Gobelins par Colbert et Le Brun.

M. 25 — Relâche. — Service pour la Reine mère au Val-de-Grâce.

V. 28 — 1re de *Délie*, pastorale de Vizé. (cf. *Pastorale comique*).

L. 31 — Privilège du *Sicilien*, pour 5 ans.
Les Epigrammes, de M. de Richesource.
Inauguration de l'éclairage public par les lanternes.

M. 1er novembre. Relâche pour la Toussaint. Monsieur à St-Eustache et à l'Oratoire.

M. 2 — *La Figlia disubediente*, par la troupe italienne. — La Cour chasse à Versailles.

D. 6 — Relâche. Par ordre du Roy, départ à Versailles pour la Saint-Hubert, 4 jours : 2 fois *Attila* ; la *Veuve à la Mode*, et la *Pastorale* (*Délie*) ; l'*Accouchée* ou l'*Embarras de Godard*, de Vizé.

M. 9 — Retour de Versailles. (6,000 liv.). Le Roy aux Tuileries. — Achevé d'imp. le *Sicilien*, chez Ribou.

V. 11 — Réouverture par *Délie* et *la Veuve à la mode*.

D. 13 — Concert chez la Reine d'Angleterre.

20 — Achevé d'imp. *Attila*.

M. 22 — Sainte Cécile. Vêpres de Cambert, chez les Augustins du Pont Neuf.

1re d'*Andromaque*, trag. de Racine, à l'H. de B. (la Des Œillets).

Comédie de Société au château de Fresnes, chez Mme de Guénégaud : *Les Transformations de Louis Bayard* (Sévigné).

Grand Bal à la Cour.

29 novembre. Mandement pour la publication du Jubilé.

J. 1er décembre. Achevé d'imp. la 2e partie du *Recueil de La Suze* (Paris, G. Quinet), donnant, aux pages 72-73, le Sonnet et la lettre de Molière à la Mothe de Vayer sur la mort de son fils.

Fête offerte au Roy, par Monsieur et Madame : tragédie de Boyer.

V. 2 — 1re, au Palais-Royal, de *Cléopâtre*, trag. de La Thorillière (11 rep.).

S. 10 — Bal chez Monsieur.

M. 13 — Bal chez le Roy.

M. 14 ou J. 15 — Mort de Montfleury père.

M. 20 — Relâche de deux semaines. Jubilé.

Le cardinal Barberini nommé archevêque de Reims.

Le Roy assiste à un sermon chez les Feuillans.

M. 28 — Privilège d'*Andromaque*.

Molière demeure rue Saint-Thomas du Louvre et à Auteuil.

Cl. Perrault construit l'Observatoire : le Roy visite les travaux.

Colbert achète les Gobelins au nom du Roy et y établit une manufacture de tapisseries et meubles pour la Couronne (Lettres patentes de novembre).

Le *Coureur de Nuit*, gazette.

Le *Buffon*, gazette.

L'Europe vivante, de S. Chappuzeau, in-4°.

3° volume de l'*Histoire des Révolutions de Naples*, par le comte de Modène. (ach. d'imp. le 12 mai).

Histoire généalogique de la noblesse de Touraine, et les Corses françois, par J.-B. L'Hermite.

Le dôme du Val de Grâce, décoré en 13 mois, par Mignard.

Félibien, conseiller honoraire de l'Académie Royale de Peinture et de Sculpture.

Il Basilico di Bernagasso
Medico volante   } par la
Convitato di Pietra, agiunta } troupe Italienne.

Achille de Harlay est procureur général au Parlement de Paris.

Mort du pape Alexandre VII ; le cardinal Rospigliosi élu sous le nom de Clément IX.

2ᶜ édit. des *Litanies de la Sainte Vierge*, par Boursault.

Le Voyage de Chapelle et Bachaumont paraît

dans le *Recueil de pièces nouvelles et galantes,* 2 vol. in-12, Cologne, P. Marteau.

2ᵉ partie des *Contes* de La Fontaine.

Le Masque des Orateurs, ou *la manière de déguiser un discours,* par le Sr. de Richesource, modérateur de l'Académie des Orateurs de la place Dauphine.

Avantages que les femmes peuvent recevoir de la philosophie et principalement de la morale, par L. de Lesclache.

Dictionnaire des Rimes, par P. Richelet, Paris, in-8°.

Nouvelles Ordonnances, ou *Code Louis,* œuvre de Lamoignon, Séguier, Talon et Bignon.

Mariage d'Elisabeth d'Alençon avec le duc de Guise, L.-J. de Lorraine.

ЖC

ANNÉE B. 1668. (46 ANS.)

M. 3 janvier. Réouverture du Palais-Royal par *Cléopâtre* et l'*Accouchée* (247 liv.)

J. 5 — Veille des Rois : aux Tuileries, *le Médecin malgré lui.*

V. 6 février. Les Rois. Comédie, concert et souper dans l'appartement du Roy.

M. 11 — Décès de Théodora Blaise, femme de l'Ottavio du théâtre italien..

V. 13 — 1re, au Palais-Royal, d'AMPHITRYON, 19° pièce de Molière (29 rep.).

D. 14 — 2e d'*Amphitryon*.

L. 16 — Aux Tuileries : *Amphitryon*, suivi d'un souper en l'appartement du Roy.

M. 18 — Le *Carnaval*, mascarade de Benserade, dansée en l'appartement du Roy, aux Tuileries.

S. 21 — Le *Ballet des Muses* dans le grand salon des Tuileries.

D. 22 — Le Roy à Saint-Germain-en-Laye.

L. 29 — *Le Carnaval* dansé à Saint-Germain.

L. 6 février. Prise de Salins.

M. 7 — Achevé d'imp. *le Parnasse réformé*, de Guéret. In-12.

M. 8 — Prise de Besançon, par Condé. Le Roy à Dijon.

M. gras, 14 — Reddition de Dôle.

V. 17 — Prise de Gray.

— — 1re de *Laodice*, de T. Corneille, à l'Hôtel de Bourgogne (la Des Œillets).

L. 20 — Privilèges du *Mariage forcé* et d'*Amphitryon* pour 5 ans.

L. 20 février. Reprise du *Mariage forcé*, sans le ballet et ses ornemens.

V. 24 — La *Lettre sur la comédie de l'Imposteur* est réimprimée s. l. n. d.

D. 4 mars. En visite à l'Hôtel de Condé, chez Mgr le Prinre : *Tartuffe*.

L. 5 — Achevé d'imprimer *Amphitryon*, dédié à M. le Prince, in-12, J. Ribou.

V. 9 — Achevé d'imprimer le *Mariage forcé*, in-12, J. Ribou.

M. 13 — Mort de la veuve de La Calprenède.

M. 14 — Mort du *Valerio* de la troupe italienne (Hiacinte Bendinelli).

S. 17 — En visite : *Amphitryon*.

D. 18 — Clôture annuelle par *Amphitryon* et *Cocu* (part : 2,608 liv. 13 s.)

S. 24 — Baptême du Dauphin à Saint-Germain-en-Laye, dans la cour du vieux château. Parrain : le Pape ; marraine : Henriette de France. Le cardinal de Vendôme, légat du pape.

J. Saint 29 — Cérémonie de la Cène par le Dauphin dans la salle des gardes.

S. 31 — Achevé d'imprimer les *Fables choisies* de La Fontaine, 4°, Barbin.
    Scaramouche part pour l'Italie.

D. 1er avril. Pâques.

25

V. 13 avril. Réouverture par le *Misantrope* et l'*Accouchée*.

M. 25 — Par ordre du Roy, départ à Versailles pour 5 jours : *Amphitryon* et *Médecin malgré lui*. — *Sonnet au Roy* sur la conquête de la Franche-Comté.

Cléopâtre et *Mariage forcé*.

Ecole des Femmes.

D. 29 — Retour et réouverture par *Attila* et la *Veuve à la Mode*.

M. 2 mai. Paix d'Aix-la-Chapelle, qui ôte la Flandre à l'Espagne.

Il Regallo delle Dame au théâtre italien.

M. 8 — Relâche. — Naissance de Le Sage, à Sarreau, en Bretagne.

S. 12 — Racine et Marie-Anne Du Parc tiennent, à N.-D. d'Auteuil, Jeanne-Thérèse Olivier, fille de Pierre Olivier et de Marie Couturier.

D. 13 — Relâche. Interruption de dix jours.

V. 18 — *Discours physique de la parole*, par Cordemoy, lecteur du Dauphin, in-12, Lambert.

D. 20 — Pentecôte. Relâche.

V. 25 — Réouverture par *Rodogune* et 1re de la *Critique d'Andromaque* (la Folle Querelle) com. 3 a. p., de Subligny (19 rep.).

— — Achevé d'imp. l'*Idée des Spectacles anciens*

et nouveaux, par l'abbé de Pure, in-12,
M. Brunet (le privilège est de 1667).

Juin. Maladie de La Thorillière.

M. 6 — Mme de Sévigné à Paris.

M. 26 — Molière donne quittance de 400 liv.
pour habit de la fête de Versailles.

V. 29 — Reprise d'*Amphitryon* (24 répr.).

L. 9 juillet. Inhumation de Louise Lefebvre,
veuve d'Edme Jorand, chirurgien, ser-
vante de cuisine de Molière (La Forêt ?),
à Saint-Germain-l'Auxerrois.

M. 10 — Relâche ; — à Versailles pour 9 jours.
Le Grand Divertissement Royal, livret in-4°,
R. Ballard.

M. 18 — GEORGE DANDIN ou le *Mari confondu*,
20e pièce de Molière, devant le Roy,
venu de Saint-Germain, dans le petit parc
de Versailles. Mme et Mlle de Sévigné y
assistent.

— — *Il Teatro senza commedia* et les *Comédiens
juges et parties*, par la troupe italienne.

J. 19 — Retour de Versailles.

V. 20 — Relâche.

M. 31 — Relâche.

S. 4 août. Mort de Robert [Pocquelin l'aîné,
grand-garde en 1649, juge-consul en 1663,
80 ans.

D. 5 — Naissance de Philippe, duc d'Anjou.

M. 7 août. Relâche.

13 — Comédiens à Villefranche : Philippe Toubel.

M. 14 — Veille de l'Assomption. Relâche d'une
semaine. Mme de Sévigné à Paris.

D. 19 — Le *Médecin malgré lui* fait 160 liv. 5 s.

M. 21 — Relâche d'une semaine. Sentence pour
La Grange contre Lamang.

D. 26 — *Amphitryon* fait 444 liv. 5 s.

V. 31 — Jacques Rohault prête 8,000 liv. à Poquelin père, qui lui constitue une rente
annuelle et perpétuelle de 400 liv.

— — J. Rohault déclare et reconnaît que cette
rente est due et appartient à Molière, auquel il n'a fait que prêter son nom, la
somme de 8,000 liv. étant des propres de-
niers de Molière. Molière signe : J.-
B. Poquelin Molière.

M. 4 septembre. Relâche.

M. 5 — *Il Remedio a tutti mali*, par la troupe italienne. — Mme de Sévigné à Paris.

D. 9 — Première de l'AVARE, 21e pièce de Molière (9 rep.).

L. 10 — Arrêt du Conseil, en faveur de Floridor.

D. 16 — Chez Monsieur : l'*Avare.*

J. 20 — Visite à Chantilly, pour Mgr le Prince :
Tartuffe.

D. 23 septembre. Relâche d'une semaine.

L. 24 — Le Roy à Arpajon.

M. 25 — Le Roy à Etampes, avec la Reine, à l'Hôtel *des Trois Maures*.

D. 30 — Réouverture par l'*Avare*. — Privilèges de *George Dandin*, et de l'*Avare*, pour 7 ans.

Le Roy à Chambord.

M. 2 octobre. Chasse, comédie et bal, et grand souper.

D. 7 — *L'Avare*.

L. 8 — Fête d'Erbaud, à 3 lieues de Chambord. Pellisson y assiste : l'*Inconnue*, 5 actes, avec chœurs.

M. 9 — *Critique d'Andromaque* et *Méd. m. lui*.

V. 12 — Relâche. Interruption de douze jours. Fête donnée à Blois.

L. 15 — Convoi à St-Sauveur, de Marie Pocquelin, fille de J.-B. Pocquelin, valet de ch. du Roy.

J. 18 — Le Roy et la Reine à Etampes, à l'hôtel des *Trois Maures*.

V. 19 — Le Roy à Arpajon.

D. 21 — Réouverture par l'*Ecole des Maris*, et la *Veuve à la Mode* (298 l. 5 s.).

Le Roy à Saint-Germain-en-Laye.

L. 22 — Arrêt du Parlement qui défend la re-

présentation au Marais de la *Satire des Satires*, comédie annoncée de Boursault.

M. 30 octobre. Comédie espagnole chez la Reine,
à Saint-Germain.

V. 2 novembre. Relâche. — Par ordre du Roy,
la Troupe part à St-Germain pour 5 jours.

S. 3, D. 4, et M. 6 — 3 fois *George Dandin*,
pour la Saint-Hubert, devant le Roy, au
Château neuf.

L. 5 — L'*Avare*, devant le Roy, au Château
neuf.

M. 7 — Retour (3,000 liv.). — Le Roy aux
Tuileries.

V. 9 — Réouverture par la 1re de *George Dandin*, sans la pastorale (39 rep.).

D. 11 — Molière reçoit 440 liv. pour les nourritures des 5 jours de Saint-Germain, à
l'occasion de la Saint-Hubert.

M. 20 — *Le Fin lourdaut* ou le *Procureur dupé*
(30 rep.).

  1re *des Plaideurs*, de Racine, à l'Hôtel de
Bourgogne.

Les *Plaideurs*, à la Cour, devant le Roy.

M. 4 décembre. La Cour à Versailles. Bossuet
prêche l'Avent. Mme de Sévigné à Paris.

M. 5 — Privilèges des *Plaideurs* et de la *Gloire
du Val de Grâce*, pour 5 ans.

J. 6 — Le Roy chasse à Versailles.

V. 7 décembre. *Le Baron d'Albikrac*, de T. Corneille, à l'H. de B.

M. 11 — Mort de Mlle Du Parc, rue Richelieu, paroisse Saint-Roch, à 35 ans.

— — Relâche.

J. 13 — Inhumation de Mlle Du Parc aux Carmes-Billettes. Douleur de Racine.

M. 18 — Racine inscrit pour 800 liv. sur la liste des gratifications royales.

J. 20 — Retz à Commerci.

L. 24 — J. Rohault prête encore 2,000 liv. à Poquelin père, qui lui constitue une rente de 100 liv.

— — Déclaration par Rohault que cette rente est due à Molière, qui a fourni les 2,000 liv.

M. 25 — Relâche pour Noël.

S. 29 — La troupe Royale joue devant la Cour, par ordre de Monsieur (*Plaideurs ?*).

—

Le *Duel Fantasque*, c. de Rosimond, au Marais.

La *Peinture*, poème de Ch. Perrault, in-4°.

De arte graphica, poème de Du Fresnoy.

Molière demeure rue Saint-Thomas du Louvre.

Moreri commence, à 25 ans, son *Grand Dictionnaire historique*, dont la 1re édition parut en 1674, à Lyon.

Réimpression des *Sosies*, de Rotrou.

Au Roy, sur la conquête de la Franche-Comté, sonnet de P. Corneille.

Nouvelle édition des *Fâcheux,* chez Pépinglé.

Mort de Nicolas Mignard aîné, d'Avignon.

Mémoires de M. le duc de Guise, in-4°.

2ᵉ Edition des *Révolutions de Naples,* in-12, Billaine.

Dangeau reçu à l'Académie.

Le Poète basque, com. de Poisson, à l'Hôtel de Bourgogne.

Créqui maréchal de France.

G. de Bellefonds maréchal de France à 38 ans.

Mˡˡᵉ Auzillon, le couple Champmeslé, Rosimond et Verneuil au Marais.

L'Art de peinture, de Ch.-A. Du Fresnoy, traduit en français par R. de Piles. 8°. N. Langlois.

Un Guy Pocquelin, cousin de Molière, est drapier rue du Pont Notre-Dame.

Naissance de François Pocquelin.

L'Enfer burlesque, de Jaulnay.

Recueil de Fables choisies et mises en vers par La Fontaine (les 6 premiers livres), in-4°. D. Thierry.

Carte géographique de la Cour, satire attribuée à Bussy-Rabutin.

La Méthode des Orateurs et la *Rhétorique du Barreau,* par le sʳ de Richesource. In-12, à l'Académie des Orateurs.

8e et 9e *Satires* de Despréaux.

Le Satirique berné (par l'auteur du *Jonas* et du *David*), in-12.

Épître contre les abus du Théâtre, par Blanc-Ménil, 4°.

Le Chien de Boulogne, ou l'Amant fidèle, nouvelle galante, par l'abbé de Torches. Cl. Barbin.

Relation de la fête de Versailles, par A. Félibien. In-4°. P. Le Petit.

A l'Inconnu, sur la fête de Versailles, épître en vers, par Boyer. In-4°, Barbin.

La Censure chrétienne du Théâtre moderne, en tête de la tragédie *Dipne*, par F. d'Avre, curé de Minières, in-12, imp. à Montargis.

Les Véritables règles de l'Orthographe françoise, par Louis de Lesclache.

⚭

ANNÉE 1669. (47 ANS.)

—

D. 6 janvier. Les Roys. Comédie dans le salon des Tuileries, devant le Roy et la Reine.

V. 11 — 1re des *Maux sans Remèdes*, c. de Vizé.

— — Mort du maréchal duc d'Aumont, 68 ans.

S. 19 janvier. Publication du bref de conciliation signé à Rome (paix de Clément IX).

Lettres portugaises, attribuées à Guilleragues et à Subligny. Cl. Barbin, 2 éditions.

Ordonnance de 3,000 livres accordées pour Saint-Germain en 1667.

D. 27 — Contrat de mariage Grignan-Sévigné.

M. 29 — Mariage religieux de Mlle de Sévigné avec M. de Grignan.

J. 31 — Achevé d'imp. les *Amours de Psyché et de Cupidon,* de La Fontaine. 8°. Cl. Barbin.

M. 5 février. 1re du TARTUFFE ou l'*Imposteur,* 22e pièce de Molière. Recette : 2.860 liv. (44 rep. cons.). 3e Placet présenté au Roy.

M. 13 — *Ballet de Flore,* dansé par le Roy.

J. 14 — En visite : *Tartuffe.*

S. 16 — *Ballet de Flore.*

Bossuet prêche le Carême à la Cour.

L. 18 — Achevé d'imp. *George Dandin* et l'*Avare,* chez Ribou.

M. 20 — *Ballet de Flore.*

J. 21 — En visite : *Tartuffe.*

Au Marais, *La Fête de Vénus* c. past. hér. de Boyer.

L. 25 — *Ballet de Flore.*

— — En visite : *Tartuffe.*

Mort du père de Molière, âgé de 73 ans, sous les piliers des Halles, devant la fontaine.

M. 27 février. Service et convoi du père Poquelin
à Saint-Eustache.

J. 28 (au lieu du Vendredi) : *Tartuffe*.
Ballet de Flore, de Benserade, in-4°. R. Ballard.

S. 2 mars. *Ballet de Flore*.

— — En visite : *Tartuffe*. — à l'H. de B. 1ʳᵉ de la
Femme juge et Partie, c. 5 a. v. de Montfleury fils (Poisson et Mˡˡᵉ d'Ennebault).

L. gras 4 — En visite : *Tartuffe*.

— — *Metamorfosi d'Arlichino*, de Cinthio, par
la troupe italienne.

V. 15 — Privilège du *Tartuffe* pour 10 ans, accordé à Molière. — Défenses à Jean,
François et Jacques Hesnault père et fils
d'imprimer ou vendre des contrefaçons du
Tartuffe.

La Femme juge, chez la duchesse de Bouillon.

J. 21 — Arrêt du Conseil Béjard-Baralier.

V. 22 ou 23 — Achevé d'imp. *Tartuffe* aux dépens de l'auteur. Se vend un écu chez
J. Ribou. In-12, avec la Préface.

La Gloire du Dôme du Val-de-Grâce, poème
de Molière, paraît in-4° chez Ribou et
P. Le Petit, orné de belles estampes de
F. Chauveau, d'après Mignard.

D. 7 avril. Quittance signée par Molière.

M. 9 avril. Clôture annuelle par *Tartuffe* (part. : 5,477 liv. 3 sols).

Le P. Bourdaloue prêche la Passion aux Jésuites de la rue Saint-Antoine.

J. 18 — Molière fait constater, chez Hesnault père et fils, la vente de 6 exemplaires, à 25 sols pièce, d'une contrefaçon du *Tartuffe*. Saisie du reste.

Investiture de la Souquette.

La Critique de Tartuffe, en vers, jouée sur un théâtre particulier, chez un seigneur du faubourg Saint-Honoré, puis à l'H. de B.

D. 21 — Pâques.

M. 30 — Réouverture par *Amphitryon.*

Mai. *Il Soldatto per vendetta,* ou *Arlequin soldat en Candie,* de Cintio, par la troupe italienne.

M. 7 — Monsieur et Madame à Saint-Cloud.

M. 8 — Le Roy visite LL. AA. RR. à St-Cloud.

29 — Le Roy quitte les Tuileries.

La Satire des Satires, 1 a. en vers de Boursault.

Expédition de Candie.

M. 5 juin. La flotte française sort de Toulon.

J. 6 — 2e édition du *Tartuffe,* avec Préface, Avis du Libraire, les trois placets au Roy et une gravure ; in-12, chez Ribou.

D. 9 — Pentecôte. Relâche. — Sévigné à Paris.

M. 11 — Relâche.

M. 18 juin. Relâche.

M. 19 — La flotte française arrive devant Candie, assiégée par les Turcs.

V. 21 — Relâche.

Le duc de La Feuillade et Vivonne à Candie.

L. 24 M. 25 — Combat, sortie. Le duc de Beaufort blessé, disparu.

V. 28 — Privilège de l'Opéra, accordé à St-Germain par lettres patentes, à Pierre Perrin.

Juillet. *Il Mundo a la reverse,* de Cinthio, et *Scaramouche pédant* et *Arlequin écolier,* par la troupe italienne.

M. 3 — Arrêt du Conseil privé renvoyant l'affaire Hesnault aux Requêtes de l'Hôtel.

15 — *Le Souper mal apprêté,* c. 1 a. v. de Hauteroche (H. de B.).

La *Promenade de Saint-Cloud,* de G. Guéret. (imp. seulement en 1751).

S. 3 août. Par ordre du Roy, à Saint-Germain, pour deux jours : *L'Avare, Tartuffe,* au Château neuf.

L. 5 — Retour.

M. 6 — Réouverture par *l'Avare.*

M. 7 — Quittance de 144 livres donnée par Molière pour les 2 jours de Saint-Germain.

V. 9 — Pierre Berger reçoit 1,062 liv. 5 s. de Molière pour rachat d'une rente constituée par Poquelin père le 15 janvier 1655.

M. 21 août. En visite chez Mademoiselle, à Luxembourg : *Tartuffe*.

V. 23 — Relâche. — Départ à Saint-Germain, pour 10 jours : 4 fois la *Princesse d'Elide* dans la galerie du Château neuf.

27 — Naissance de Mlle de Valois.

S. 31 — Molière donne quittance au trésorier général des Menus-Plaisirs de 500 livres pour l'impression de la comédie-ballet *la Princesse d'Elide*.

D. 1er septembre. Retour de Saint-Germain. — Relâche.

M. 3 — Relâche.

V. 6 — Réouverture : l'*Ecole des Maris* et *le Cocu* font 193 livres.

D. 8 — (Nativité) Relâche.

M. 10 — Molière parrain, à Saint-Roch, d'un enfant de Romain Toubel, marchand; marraine, Mlle de Brie.

Mort, à Colombes, de la Reine d'Angleterre, Henriette de France.

V. 13 — Bossuet nommé à l'évêché de Condom.

D. 15 — Relâche.

L. 16 — Le Roy quitte Saint-Germain et couche à Arpajon.

M. 17 — Départ de la troupe à Chambord pour 33 jours.

J. 19 septembre. Arrivée de la Cour à Chambord.
  Madame à Saint-Cloud, en couches.

S. 21 — Sacre de Bossuet.
  A Chambord : 15 comédies (6,263 livres).
  Livret du *Divertissement de Chambord*, Blois,
  Jules Hotot, pet. in-4°.

L. 7 octobre. 1re représentation de MONSIEUR DE
  POURCEAUGNAC, 23e pièce de Molière, donnée 5 ou 6 fois. Pellisson, Boursault.

D. 13 au J. 17 — Le Roy Jean-Casimir à Chantilly : comédie italienne.

D. 20 — Retour de Chambord. Relâche. (Ordonnance de 6,000 livres.)

L. 21 — Mort de Gilles Boileau, contrôleur général de l'argenterie et intendant des
  Menus.

M. 22 — Relâche. La duchesse d'Anguien (Anne
  de Bavière) est marraine d'une fille de l'arlequin Dominique.

V. 25 — Relâche.

D. 27 — Réouverture par *George Dandin* et le
  Médecin malgré lui.

J. 31 — Le Maistre de Sacy sort de la Bastille, où
  sont détenus MM. de la Basinière et de
  Guénégaud, trésoriers de l'Epargne.

V. 1er novembre. Relâche pour la Toussaint.

L. 4 — Départ à Saint-Germain pour 4 jours : la
  Saint-Hubert.

J. 7 novembre. *Pourceaugnac* devant l'envoyé turc incognito.

V. 8 — Retour de Saint-Germain. Relâche.

D. 10 — Réouverture par *George Dandin* et le *Médecin malgré lui*.

Le *Nouveau Festin de Pierre*, ou l'*Athée Foudroyé*, c. de Rosimond, au Marais.

V. 15 — 1ʳᵉ de *Monsieur de Pourceaugnac*, avec les intermèdes. (20 rep. cons.).

S. 16 — Bossuet prononce l'oraison funèbre de Henriette-Marie de France, en présence de Monsieur et de Madame, en l'église des religieuses de Sainte-Marie de Chaillot.

M. 19 — Audience à Suresnes de Soliman-Musta-Ferraga, envoyé de l'empereur des Turcs.

M. 20 — Achevé d'imp. *Zaïde*, de Segrais, in-12, Barbin.

— — Ordre au chevalier du guet de conduire à la Bastille les libraires Jean Ribou et David.

D. 1ᵉʳ décembre. Privilège d'*Elomire hypocondre*.

M. 13 — Relâche. Interruption d'une semaine.

D. 8 — Réouverture par *Pourceaugnac*.

V. 13 — 1ʳᵉ de *Britannicus* à l'H. de B. (la Des Œillets, Agrippine ; Mˡˡᵉ Dennebault, Junie; Floridor, Brécourt, Lafleur, Hauteroche).

J. 19 — Achevé d'imp. la *Critique du Tartuffe*,

c. 1 a. v. précédée d'une *Lettre satirique*
(en vers) *sur le Tartuffe, écrite à l'auteur de
la Critique,* in-12, G. Quinet.

M. 24 décembre. Veille de Noël. Relâche.

Société entre Perrin, Cambert, Sourdeac et
Champeron pour l'Opéra.

—

Molière demeure rue Saint-Honoré.

Seconde édition de l'*Amour Médecin.*

Seconde exposition de peinture.

Colbert ministre-secrétaire d'Etat et contrôleur
général des finances.

Vivonne nommé général des galères.

2ᵉ édition de la *Pratique du Théâtre,* in-4°, et
des *Contes* de La Fontaine.

Dialogue sur le Rire et le pleurer, par La Fontaine (*Amours de Psyché*).

Dialogues de Lucien en vers français.

Nouvelles galantes, comiques et tragiques, de
Vizé, 3 vol. in-12, G. Quinet (le priv. est du
5 déc. 1668).

Livret de la *Princesse d'Elide,* in-4°.

Le Tartuffe, traduit en anglais.

Tome II de l'*Europe vivante,* de S. Chappuzeau.

La Cassette des Bijoux, recueil de lettres en pr.
et en vers, publié par l'abbé de Torches, in-12.

27

Le P. Desmares, de l'Oratoire, prêche à Saint-Roch.

Marie-Madeleine, ou le *Triomphe de la Grâce,* poème de Desmarets.

Maximes et Loix d'Amour.

La Fête de Versailles du 18ᵉ juillet 1668, à M. le marquis de la Fuente, relation de l'abbé de Montigny, imp. dans la 3ᵉ partie du *Recueil de diverses pièces faites par plusieurs personnes illustres* (La Haye, Steucker, in-12).

Célanire, ou la *Promenade à Versailles,* de Mˡˡᵉ de Scudéry.

1ʳᵉ partie des *Métamorphoses d'Ovide,* traduites par T. Corneille.

Mort de Louis Pocquelin, marchand de draps de soie, oncle de Molière.

Répétitions d'*Ariane.*

Procès de la marquise de Courcelles (définitivement jugé en 1680).

Inventaire de l'histoire généalogique de la noblesse de Touraine, par J. B. Lhermite, fᵒ, Alliot.

ANNÉE 1670. (48 ANS.)

—

M. 1er janvier. Grand froid. *Il gentiluomo cam-
   pagnard*, du dottore Lolli, par la troupe
   italienne.

S. 4 — Achevé d'imprimer *Elomire hypocondre*.

M. 7 — Interruption de deux semaines.

— — Privilège de *Britannicus*.
   Répétitions du Divertissement royal.

J. 9 — Mort de Marie Hervé, veuve de J.
   Béjart, âgée de 73 ans.

V. 10 — Inhumation à Saint-Paul.

D. 19 — Réouverture par *Tartuffe*.

L. 20 — Mort de la petite Du Croisy (Angé-
   lique) âgée de 9 ans.

M. 21 — Mort de Belle Rose, beau-frère de Du
   Croisy.

J. 30 — Par ordre du Roy, à Saint-Germain-en-
   Laye pour 20 jours :
   Le *Divertissement Royal*, livret in-4°, imprimé
   par R. Ballard.

M. 4 février. 1re, au vieux Château, des AMANS
   MAGNIFIQUES, 24e pièce de Molière.

J. 13 — *Amans magnifiques*.

L. 17 — *Amans magnifiques*.

M. gras, 18 février. Retour de Saint-Germain. (6,000 liv.). Réouverture par *Tartuffe*.

J. 20 — Privilège de *M. de Pourceaugnac*.

M. 26 — Fêtes à Saint-Germain.

S. 1ᵉʳ mars. Pour le Roy à Saint-Germain, pendant une semaine.

3 — Achevé d'imp. *M. de Pourceaugnac*, in-12, Ribou.

M. 4 — *Amans magnifiques* ⎫
J. 6 — *M. de Pourceaugnac* ⎬ à Saint-Germain.
S. 8 — *Amans magnifiques* ⎭

D. 9 — Retour de Saint-Germain. Réouverture par *Pourceaugnac*.

Arlichino spirito folleto, de Cinthio, par la troupe italienne.

S. 15 — Mort de Mˡˡᵉ Ragueneau (Marie Brunet), inhumée aux Quinze-Vingts.

D. 23 — Clôture annuelle (part : 4,034 liv. 11 s.) Par délibération de toute la troupe, Louis Béjart est mis à la pension de 1,000 liv. et sort de la troupe.

31 — Mᵐᵉ de Montespan accouche de Louis Auguste de Bourbon (duc du Maine).

D. 6 avril. Pâques.

L. 7 — Marie-Angélique Du Croisy, marraine à Conflans-Sainte-Honorine.

L. 14-19 — Inventaire du père Poquelin, mort le 25 février de l'année précédente.

M. 16 avril. Contrat de pension Louis Béjard, passé devant Le Vasseur, notaire, rue Saint-Honoré, près la barrière des Sergents.

V. 18 — Réouverture par *Tartuffe*.

21 — Guichard reçu gentilhomme ordinaire de Monsieur.

L. 28 — Le Roy part de Saint-Germain pour le voyage de Flandre.

Retour de Scaramouche, qui attire du monde au Palais-Royal.

Baron quitte sa troupe à Dijon pour rentrer au Palais-Royal par lettre de cachet, avec une part.

13 mai. Perrin loue le Jeu de Paume de Béquet, rue de Vaugirard.

J. 22 — Acte notarié signé J.-B. P. Molière, et Du Croisy.

— — Mort du grand-prieur de France, Jacques de Souvré.

Voyage de Madame en Angleterre près de son frère Charles II.

S. 24 — Madame à Dunkerque.

D. 25 — à Douvres, reçue par ses frères.

D. 25 (Pentecôte) et M. 27 — Relâches au Palais-Royal.

J. 29 — Arrivée à Douvres de la Reine et de la D^{sse} d'York : comédie anglaise imitée de

Molière (*Ecoles* et *Médecins*), harangue à la louange de Molière.

V. 3o mai. Comédie donnée par la troupe du duc d'York.

Mme de Sévigné à Paris.

J. 12 juin. Madame retourne de Douvres à Calais. — A Sèvres, répétition générale de l'opéra de *Pomone*.

M. 18 — Monsieur donne 1,32o liv. pour plusieurs visites.

M. 24 — A l'occasion de la Saint-Jean-Baptiste ; Sébastien Bourdon aurait offert à Molière une *Sainte Famille* de 18 pouces sur 15 ?

— Répétition générale de *Pomone* au Jeu de Paume de Béquet (Bel-Air).

V. 27 — Arrêt du conseil Béjart-Baralier.

D. 29 — *Pourceaugnac.* Madame se meurt. L. 3o, Madame est morte ! — Décès subit, au château de Saint-Cloud, d'Henriette d'Angleterre, âgée de 26 ans. — Bossuet.

M. 1er juillet. Interruption de 12 jours. Molière à Auteuil avec Baron.

J. 10 — Achevé d'imp. les *Œuvres posthumes de défunt M. B.* (Gilles Boileau), in-12, Barbin.

V. 11 — Réouverture par *George Dandin* et le *Cocu* (293 liv.).

M. 15 — Saint-Henri. Relâche.

J. 31 juillet. Le couple Beauval quitte Mâcon
    pour entrer au Palais-Royal par ordre du
    Roy, avec 1 part 1/2.

V. 1er août. 1re du *Désespoir extravagant*, com.
    de Subligny (13 repr.).

6 août. Le Roy pose la première pierre de l'Arc-
    de-Triomphe de Cl. Perrault à la barrière
    du Trône, faubourg Saint-Antoine, au
    commencement de l'avenue de Vincennes,
    en l'honneur des conquêtes du Roy.

M. 12 — Relâche. Interruption d'une semaine.

V. 15 — Assomption. Relâche.

D. 17 — Réouverture par *Ecole des Maris* et *Dé-
    sespoir extravagant*.

    Le *Gentilhomme de Beauce*, c. de Montfleury,
    à l'H. de Bourgogne.

    Obsèques solennelles de Madame.

J. 21 — Bossuet prononce, à Saint-Denis, l'o-
    raison funèbre de Henriette-Anne d'An-
    gleterre, duchesse d'Orléans.

    Nicole publie son livre de l'*Education d'un
    Prince*.

D. 31 — Quittance de 500 liv. donnée par Mo-
    lière.

— — Molière cautionne Baron vis-à-vis de Mon-
    chaingre et de sa femme, au sujet d'une
    vente de costumes.

Molière à Auteuil avec Baron. Le chevalier d'Arvieux et Baraillon.

S. 13 septembre. Brevet de la charge de garde du magasin des Antiques du Roy à Vinot.

Le *Gentilhomme de Beauce*, à Versailles, devant le duc de Buckingham, par la troupe royale.

V. 19 — Le Roy et la Reine à Saint-Germain, parrain et marraine du turc Chéléby.

M. 30 — Clôture par *Pourceaugnac* (346 liv. 10 s.)

V. 3 octobre. Relâche de 25 jours. Par ordre du Roy, départ pour Chambord. — L. 6, le Roy part de Saint-Germain et couche à Chartres. — M. 7, Toury. — M. 8, Cléry.

— — Sourdeac et Champeron louent de Laffemas, pour 5 ans, le jeu de paume de la Bouteille.

J. 9 — Arrivée de LL. MM., de Monsieur, Madame et Mademoiselle, au château de Chambord.

V. 10 — Réception et harangues. — S. 11 et D. 12, chasses.

S. 11 — Mort, à Paris, de l'architecte Louis le Vau ; 57 ans.

Livret du *Bourgeois gentilhomme*, imp. in-4°, Robert Ballard.

M. 14 — 1ʳᵉ du BOURGEOIS GENTILHOMME, 25ᵉ

pièce de Molière. — Le laquais Pro-
vençal (François Dupérier).

J. 16 octobre. 2ᵉ du *Bourgeois.*

D. 19 — Petite comédie.

L. 20 — 3ᵉ du *Bourgeois gentilhomme.*

M. 21 — 4ᵉ du *Bourgeois.*

M. 22 — Le Roy va coucher à Cléry. — J. 23,
  nuit à Saint-Dié. — V. 24, Arpajon. —
  S. 25, le Roy à Paris.

— — Mort de la Des Œillets (Alix Faviot) à
  49 ans.

D. 26 — Convoi de la Des Œillets à Saint-Leu-
  Saint-Gilles.

M. 28 — Retour de Chambord. Chaque acteur
  reçoit 600 liv. pour nourritures et gratification.

V. 31 — Veille de la Toussaint. Relâche.

S. 1ᵉʳ novembre Toussaint. Sermon de Bourdaloue, dans la chapelle du château de Saint-
  Germain.

D. 2 — Réouverture par le *Misantrope.*

S. 8 — Par ordre du Roy, à Saint-Germain pour
  9 jours :

D. 9, **M.** 11 et **J.** 13 — Le *Bourgeois gentilhomme.*

 Chaque acteur reçoit 6 liv. par jour pour nourritures.

S. 15 — Baptême à Saint-Germain-en-Laye de la

28

petite Beauval, Jeanne-Catherine, fille de Jean Pitel et de Jeanne Olivier. Parrain : Molière ; marraine, Mlle de Brie.

— — Mme de Grignan accouche d'une fille, Marie-Blanche.

D. 16 novembre. Retour de Saint-Germain. Réouverture par l'*Etoùrdi.*

— — Corneille lit *Tite et Bérénice* chez Monsieur.

L. 17 — Mlle Du Croisy, marraine de Ch. Finet à Conflans-Sainte-Honorine.

Molière soupe plusieurs fois, le samedi, avec Palaprat, Dominique, et autres comédiens italiens, chez le peintre florentin Vario ou Berrio.

M. 18 — Molière donne quittance de 2,800 liv.

V. 21 — Relâche pour répétition générale. —

— — 1re de *Bérénice* de Racine à l'H. de B. (Floridor) 30 repr.

D. 23 — 1re à Paris du *Bourgeois gentilhomme,* avec ses ornemens (1,397 liv.) 48 repr.

J. 27 — Le Roy aux Tuileries.

Mort à Paris de Guillaume VII, landgrave de Hesse, à 19 ans.

V. 28 — 1re de *Tite et Bérénice,* c. hér. de P. Corneille, qui reçoit 2,000 liv. (1,913 liv.) Baron joue Domitian ; La Thorillière

Titus; Mlles Molière, Beauval et de Brie ; Hubert, Du Croisy et La Grange.

La Fille capitaine, c. de Montfleury, à l'H. de B. (Mlle d'Ennebault).

D. 30 novembre. Le P. Bourdaloue prêch e l'Avent aux Tuileries.

D. 14 décembre. Molière prête à Lulli 11,000 liv. en échange d'une rente de 550 liv. (rachetée le 5 août 1673).

Mariage du duc de Nevers avec Mlle de Thianges.

Mort de Mlle de Villiers (Marguerite Béguet).

Mme de Sévigné à Paris.

M. 31 — Privilèges du *Bourgeois gentilhomme*, de *Psyché* (sous le titre les *Amours de Psyché et de Cupidon*), des *Fourberies de Scapin*, et des *Femmes savantes* donnés à M olière pour 10 ans ; de *Tite et Bérénice* et traduction de Stace à P. Corneille pour 9 ans.

Mort de l'archevêque de Paris, Hardouin de Péréfixe.

———

Pose de la première pierre de l'église de l'Assomption, sur les dessins de Ch. Errard.

Travaux du Louvre terminés. — Reconstruction de la porte Saint-Bernard et de la fontaine des Haudriettes.

Molière est traduit en allemand (*Précieuses, Cocu, Médecins, Avare, G. Dandin*) à Francfort-sur-le-Mein, chez J.-G. Schièle (*Schaubuhne englischer und Französischer comödianten*).

Molière et sa femme demeurent place du Palais-Royal.

Louis Béjard demeure rue de Richelieu.

Dassoucy rentre à Paris. Brienne quitte l'Oratoire.

Tartuffe, or *the French Puritan*, acted at the Theatre Royal, by Matthew Medbourne, London, in-4° de 66 p.

Observations sur la comédie de l'Imposteur, réimpression de la *Lettre sur Tartuffe*.

Les *Amours de Vénus et d'Adonis*, de Vizé, au Marais.

Morts de Racan, de Henri Sauval et de Saint-Pavin.

Montigny et Quinault à l'Académie.

Les *Apparences trompeuses*, histoire espagnole d'Edme Boursault, in-12.

Le Marquis de Chavigni et *Artémise et Poliante*, nouvelles de Boursault, in-12.

Poésies héroïques de Pinchesne, dédiées au Roy, frontispice de Mignard, in-4°, Cramoisy.

Réflexions sur l'usage de l'éloquence de ce temps, par le P. Rapin (achev. d'impr. 7 nov.).

Pensées de Pascal.

Histoire de la dernière révolution des Etats du Grand Mogol, par F. Bernier, 4 vol.

La Comtesse d'Orgueil, de T. Corneille, à l'H. de Bourgogne.

La *Dupe amoureuse*, de Rosimond, au Marais.

M. de Soyecourt nommé grand-veneur de France.

Œuvres diverses (vers et prose) par le s^r d. H*** (Hesnaut), in-12, Barbin. (Sonnet sur l'Avorton.)

La princesse de Conti achète l'hôtel de Guénégaud.

La pension de la troupe du Roy élevée à 7,000 livres.

Les fresques du Val-de-Grâce s'écaillent; Mignard reprend au pastel les parties maltraitées.

Bossuet nommé précepteur du Dauphin.

Le Roy pose la première pierre des Invalides.

Procès Ribou, David et Quinet.

Le couple Champmeslé à l'H. de Bourgogne.

ANNÉE 1671. (49 ANS.)

—

Le *Grand ballet de Psyché*, livret-programme, in-4°, Ballard.

M. 6 janvier. Arrêt du conseil Béjart-Baralier.

S. 17 — 1ʳᵉ aux Tuileries, dans la grande salle des Machines, de PSYCHÉ, 26ᵉ ouvrage de Molière (P. Corneille et Quinault), musique de Lulli (5 rep.).

L. 19 — 2ᵉ de *Psyché* devant le nonce du Pape et l'ambassadeur de Venise.

M. 28 — *Tite et Bérénice* à Vincennes.

S. 24 — Achevé d'imp. *Bérénice* de Racine.

M. 27 — Relâche. — Mᵐᵉ de Sévigné à Paris. — Achevé d'imprimer la 3ᵉ partie des *Contes* de La Fontaine.

Entretiens d'Ariste et d'Eugène, du P. Bouhours.

D. 1ᵉʳ février. Relâche. Interruption d'une semaine. Dans la galerie des Tuileries, fiançailles de Henriette de Lorraine d'Harcourt.

L. 2 — *Psyché* aux Tuileries. — 3, ouverture de la foire de Saint-Germain. Achevé d'imp. *Tite et Bérénice*.

M. 4 — Oraison funèbre de M. de Péréfixe, ar-

chevêque de Paris, prononcée par J. Gau-
din, dans l'église de Sorbonne.

J. 5 février. Départ de Mme de Grignan en Provence.

V. 6 — Réouverture par le *Bourgeois gentilhomme*
(1,415 liv.).

L. 9 — Mme de Sévigné soupe avec Mme de La
Fayette, rue de Vaugirard, vis-à-vis le petit
Luxembourg.

M. gras 10 — Le Roy quitte les Tuileries. —
Le Bourgeois gentilhomme.

M. 11 — Le Roy à Versailles.

S. 14 — Procuration des héritiers de Marie
Hervé à Madeleine Béjard. Molière signe :
J.-B. P. Molière.

Mlle de La Vallière se retire pour la seconde
fois au couvent de Sainte-Marie de Chaillot.

Critique de Bérénice, par l'abbé de Villars.

Construction de la Fontaine de l'Échaudé.

M. 3 mars. Ouverture de l'Opéra à la rue Mazarine par *Pomone* de Perrin et Cambert.
(Mlle Cartilly.)

Mme de Sévigné à Paris.

V. 6 — Relâche.

J. 12 — Harlay de Champvallon archevêque de
Paris. — Le Roy à Paris.

Achevé d'imprimer les *Fables Nouvelles* de La
Fontaine.

V. 13 mars. Enregistrement du privilège des *Femmes savantes*. — Sermon de Bourdaloue sur la mort de Lazare.

S. 14 — Mariage du duc de Ventadour avec Mlle de la Mothe-Houdancourt.

D. 15 — Assemblée pour réfection et réparations de la salle du Palais-Royal.

M. 17 — Clôture annuelle. (Part : 4,689 liv.).

M. 18 — On travaille à réparer et décorer la salle. — Achevé d'imp. *le Bourgeois Gentilhomme*, aux dépens de l'auteur. Se vend chez P. Le Monnier. — Privilège des *Fourberies de Scapin*, compris dans le privilège général donné ledit jour à Saint-Germain-en-Laye, pour 9 ans.

L. 23 — Ouverture du Jubilé.

M. 24 — Mme de Sévigné à Livry.

D. 29 — Pâques.

L. 30 — Baptême, à N.-D. d'Auteuil, de J.-B. Claude Jennequin, fils du comédien Rochefort et de Madeleine Desurlis. Parrain : Molière; marraine : Geneviève Jennequin.

Les *Amours du Soleil*, de Vizé, au théâtre du Marais.

L'abbé de Villeserin, nommé à l'évêché de Senez.

L. 6 avril. Naissance, à Paris, de J.-B. Rousseau.

M. 8 avril. Achevé d'imprimer la *Défense du Traité de Mgr le prince de Conti*, par l'abbé de Voisin.

V. 10 — Réouverture, par *Tartuffe*.

M. 14 — La Cour à Saint-Germain-en-Laye.

M. 15 — Fin des travaux de réparation et décoration (1,989 l. 10 s. payées de moitié par les Italiens).

— — Délibération de la troupe de représenter *Psyché*.

D. 19 — Audience de congé de l'ambassadeur de Venise.

M. 22 — Mlle de la Vallière et le comte de Serain tiennent à Saint-Germain-en-Laye un fils de Jourdan de la Salle, maître des guitares du Roy.

— — Mort du P. Le Moyne, à 69 ans.

— — Arrêt ordonnant la construction de la fontaine de Richelieu.

J. 23 — Fête donnée au Roy à Chantilly.

V. 24 — Mort tragique de Vatel.

S. 25 — Le Roy à Liancourt.

D. 26 — Mort de Domenico Locatelli, dit *Trivelin*, 58 ans, rue Saint-Honoré.

L. 27 — Convoi de Trivelin en l'Eglise du grand couvent des Augustins.

M. 5 mai. Mort, à plus de 100 ans, du frère de Gabrielle d'Estrées.

V. 8 mai. Mort de Sébastien Bourdon, âgé de 55 ans.

Départ du Roy pour la Flandre, où il va visiter les places.

D. 17 — Pentecôte.

S. 23 — Mme de Sévigné à Malicorne.

D. 24 — 1re des FOURBERIES DE SCAPIN, 27e pièce de Molière (18 repr.).

M. 27 — Mme de Sévigné aux Rochers, où elle passe six mois.

Les Grisettes, c. 3 actes v. de Champmeslé (H. de B.).

S. 6 juin. On commence les répétitions de *Psyché*.

M. 9 — Les acteurs de l'Opéra assignent Sourdéac et Champeron et refusent de chanter.

L. 15 — P. Perrin incarcéré à la Conciergerie.

M. 30 — Achevé d'imp. *la Guerre des Auteurs anciens et modernes*, de G. Guéret, in-12, Th. Girard.

M. 7 juillet. Relâche.

V. 10 — Relâche. — Mort du duc d'Anjou (Philippe), 2e fils du Roy, âgé de 3 ans.

L. 13 — Le Roy arrive à Saint-Germain.

M. 14 — Relâche.

M. 21 — Relâche. — Le *Grand Ballet de Psyché*, livret de Ballard.

V. 24 — 1re de *Psyché* au Palais-Royal (38 repr. conséc. en tout 82).

L. 27 juillet. Mort, à Paris, de l'évêque du Mans,
P. E. de Beaumanoir.

Mort de Lenet.

J. 30 — Le duc de Guise meurt de la petite vérole.

Maladie de Floridor, qui renonce à sa profession.

L. 3 août. Le Roy à Fontainebleau jusqu'au 31.

Ch.-M. Le Tellier archevêque de Reims.

S. 8 — P. Perrin vend à Sablières tous ses droits
dans le privilège de l'Opéra.

L. 10 — Transport de 3000 l. par M. Tabouret,
sr de Tarny, à Romain Toubel, md bourgeois de Paris, prête-nom de Madeleine
Béjart.

V. 14, veille de l'Assomption — Réception de
Floridor (Saint-Sauveur).

Sommation à la requête de Molière d'enre-
gistrer le privilège général du 18 mars
précédent.

L. 17 — P. Perrin sort de la Conciergerie.

M. 18 — Achevé d'imp. les *Fourberies de Scapin.*

M. 26 — Mme de Sévigné à Vitré : comédiens.

S. 29 — P. Perrin ramené à la Conciergerie.

L. 31 — Le Roy quitte Fontainebleau.

M. 1er septembre. Mort de M. de Lyonne. —
M. de Pomponne lui succède comme secrétaire d'Etat.

J. 10 septembre. Arnauld d'Andilly à Versailles.

D. 20 — Mme de Sévigné aux Rochers.

M. 22 — Interruption d'une semaine. — Maladie de Mlle Molière.

V. 25 — Mort de Pierre Datelin, dit Brioché, à 105 ans.

D. 27 — Réouverture par *Psyché* (Mlle Beauval joue le rôle principal).

L. 28 — Mort de l'académicien J. de Montigny, évêque de Léon.

M. 6 octobre. Achevé d'imprimer *Psyché*, aux dépens de l'auteur ; se vend chez P. Le Monnier, in-12.

25 — Dernière de *Psyché*.

S. 31 — Bossuet se démet de l'évêché de Condom.

D. 1er novembre. Relâche pour la Toussaint.

M. 3 — Saint-Hubert à Versailles : les *Amours de Diane et d'Endymion*, pastorale de Guichard et Sablières, dans l'appartement neuf de la Reine.

S. 14 — Mort du premier président de Forbin d'Oppède.

— — Chasses. — 2e repr. de la pastorale.

D. 15 — Mort de Julie d'Angennes, duchesse de Montausier ; inhumée aux Carmélites du faubourg Saint-Jacques.

L. 16 novembre. Monsieur épouse la princesse de Bavière, par procureur, à Châlons.

21 — Mariage de Monsieur avec Elisabeth-Charlotte de Bavière, fille de l'Electeur palatin.

D. 22 — Ch. Perrault remplace J. de Montigny à l'Académie.

23 — Sablières vend à Guichard la moitié du privilège de l'Opéra, du consentement de Perrin.

M. 25 — Arrestation du duc de Lauzun. — Mariage de Sablières avec Marie de Loison.

V. 27 — Relâche. — Départ à Saint-Germain-en-Laye pour 10 jours.

L. 30 — Monsieur et Madame à Chantilly.

— — Les travaux des Invalides commencent sous la direction de l'architecte Libéral Bruant.

M. 1er décembre. Achevé d'imp. l'*Exposition de la doctrine de l'Eglise catholique sur les matières de controverse*, par Bossuet, in-12. S. M. Cramoisy.

— — Arrivée à la Cour de la nouvelle duchesse d'Orléans, princesse Palatine.

Le Ballet des Ballets, livret in-4º de R. Ballard.

M. 2 — 1re de LA COMTESSE D'ESCARBAGNAS, 28º ouvrage de Molière, avec un prologue et une Pastorale? (V. 10 fév. 1672).

L. 7 décembre. Retour de Saint-Germain.

M. 8 — Relâche. — Conception N.-D.

V. 11 — Réouverture par *Tartuffe*.

D. 13 — Mme de Sévigné à Malicorne.

V. 18 — Mme de Sévigné à Paris.

V. 25 — Relâche pour Noël.

—

Troisième exposition de peinture.

Etablissement d'une académie d'architecture : Félibien, secrétaire.

Construction des fontaines de Basfroid (rue de Charonne), des capucins Saint-Honoré (coin de la rue Castiglione), de l'Echaudé, des Petits-Pères, etc.

Blondel restaure la porte Saint-Antoine.

Le Secrétaire inconnu, par B. Pielat, in-12. Lyon.

Oratius Tubero, dialogues de La Mothe Le Vayer.

Rimes redoublées de Dassoucy, in-12, Paris, Cl. Nego.

Bossuet et Ch. Perrault reçus à l'Académie.

Mort du cardinal Barberini, au château de Nemi, près de Rome.

Mort, à Lyon, de Louis de Lesclache.

F. Bernier publie chez Barbin l'*Histoire de la*

dernière révolution des Etats du grand Mogol (4 vol. in-12).

Pellisson maître des requêtes.

Mlle de Scudéry remporte à l'Académie le 1er prix au concours d'éloquence.

Les Horreurs sans horreur, de Jaulnay, in-12, Loyson.

Réimpression d'*Elomire hypocondre*, Amsterdam, in-12.

Traité de Physique, in-4°, et *Entretiens sur la philosophie*, de J. Rohault.

Le Mariage sans Mariage, c. de Marcel, 5 actes v. au théâtre du Marais (priv. du 17 novembre).

Louange au Roy sur l'édit des duels, présentée par Brécourt au concours de l'Académie.

Les Apparences trompeuses ou les Maris infidèles, c. de Hauteroche, à l'H. de B.

L'Avare, traduit par Shadwell (*the Miser*), est représenté à Londres (Covent-Garden).

Mascaron prêche à Paris : nommé évêque de Tulle.

Fléchier prononce l'oraison funèbre de Mme de Montausier.

Les Amours du Soleil, de Vizé, au Marais.

Recueil de poésies diverses, par La Fontaine.

De la Connoissance des bons livres, ou examen de plusieurs auteurs (avec une Défense de la Comédie), par Ch. Sorel, in-12, Pralard.

L'Utilité de l'Histoire, par Saint-Réal.

Recueil de Corbinelli, 2 vol. in-12.

1er vol. des *Essais* de Nicole.

Racine amoureux de la Champmeslé.

Démolition de l'hôtel de Luynes (ancien hôtel d'O) quai des Augustins et rue Gît-le-Cœur.

L'Allemagne protestante, (suite de l'Europe vivante), de S. Chappuzeau.

Quinault est auditeur des Comptes.

∞

ANNÉE B. 1672. (50 ANS.)

—

V. 1er janvier, 1er n° du *Mercure galant*.

L. 4 — Le Roy donne audience à l'ambassadeur de Hollande et installe le duc de la Feuillade à la place du maréchal de Gramont.

M. 5 — 1re de *Bajazet*, tr. de Racine, à l'H. de B. (la Champmeslé).

J. 7 — Le *Mariage de Bacchus et d'Ariane*, c. hér. de Vizé, mus. de Mollier, au théâtre du Marais.

S. 9 — Testament de Madeleine Béjart, malade; institue Armande sa légataire universelle.

D. 10 janvier. Interruption d'une semaine : Maladie de Madeleine Béjart.

Corneille lit *Pulchérie* chez M. de La Rochefoucauld, devant Mme de Sévigné.

V. 15 — Reprise de *Psyché*.

J. 28 — Mort du chancelier Séguier, à Saint-Germain-en-Laye, 84 ans.

M. 2 février. Relâche pour la Chandeleur.

J. 4 — Mort de la princesse de Conti (A. M. Martinozzi) à 35 ans ; inhumée à Saint-André-des-Arcs.

D. 7 — Relâche.

M. 9 — Relâche ; par ordre du Roy, départ à Saint-Germain-en-Laye pour 17 jours.

M. 10 — LA COMTESSE D'ESCARBAGNAS, 28e pièce de Molière et Pastorale. M. de Montausier à St-Germain. (V. 2 décembre 1671.)

J. 11 — Achevé d'imp. *Araspe et Simandre,* noüvelle, chez Cl. Barbin, 2 vol. pet. in-12.

Le Roy accepte d'être protecteur de l'Académie.

D. 14 — Codicille de Madeleine Béjart. — *Comtesse d'Escarbagnas* et pastorale.

M. 17 — Mort de Madeleine Béjart. — *Comtesse d'Escarbagnas* et pastorale.

V. 19 — Convoi et inhumation de Madeleine à Saint-Paul, sous les charniers. Molière

30

signe l'acte d'inhumation : J.-B. P. Molière.

S. 20 février. Achevé d'imp. *Bajazet.*

Le Triomphe de l'Amour, opéra de Guichard
et Sablières, à Saint-Germain, devant le
Roy (*Amours de Diane* retouchés), 2 rep.

V. 26 — Retour de Saint-Germain.

D. gras, 28 — Réouverture par *Psyché.*

L. 29 — Mme de Sévigné soupe chez Gourville,
avec La Rochefoucauld, La Fayette, etc.

M. gras, 1er mars. Mme de Sévigné à Livry. —
Mort de Marie-Thérèse de France, à 5 ans
et 2 mois.

M. 2 — Molière lit *les Femmes savantes,* chez
M. de la Rochefoucauld.

Corneille lit *Pulchérie* chez le cardinal de Retz.

L'opéra des *Peines et des Plaisirs de l'Amour,*
de Gilbert et Cambert, à la rue des Fossés.

V. 4 — 1re d'*Ariane,* trag. de T. Corneille, à
l'H. de B. (la Champmeslé).

D. 6 — Dernière de *Psyché.*

V. 11 — 1re représ. des FEMMES SAVANTES, 29^e
pièce de Molière (1,735 liv.). 20 repr.
consécutives.

S. 12 mars. L'Académie va remercier le Roy à Versailles. — Molière donne procuration à
Armande pour assister à la levée du scellé
et à l'inventaire de Madeleine.

S. 12 mars. Molière lit *Trissotin* chez le cardinal de Retz.

S. 12-17 — Inventaire de Madeleine Béjart. — Le *Discours sur les Femmes savantes* paraît dans le *Mercure galant* (t. Ier, p. 207-215).

D. 13 — Privilège de l'Opéra accordé à Lulli.

L. 14 — Le Roy à Versailles.

S. 19 — Sourdéac et Champeron, Sablières et Guichard mettent opposition à l'enregistrement du privilège de Lulli.

J. 24 — Molière lit *Trissotin* chez le duc de la Rochefoucauld.

V. 25 — Relâche pour l'Annonciation.

26 — Le Roy à Versailles.

M. 29 — Molière et ses camarades forment opposition à l'enregistrement du privilège de Lulli.

M. 30 — Arrêt du conseil Béjart-Baralier.
L'*Heure du berger*, pastorale 5 actes v. de Champmeslé (H. de B.).

31 — Service pour Séguier à Sainte-Elisabeth.

1er avril. L'Opéra est fermé.

S. 2 — Service pour Séguier au couvent de Nazareth, où son cœur fut porté.

D. 3 — Mort de Marguerite de Lorraine, veuve de Gaston d'Orléans. — Molière avance 33 l. à Vouet, procureur au Châtelet, pour produire contre les héritiers Anne Tassin.

M. 5 avril. Clôture annuelle. (Part : 4,233).

J. 7 — Déclaration de guerre à la Hollande. — Achevé d'imp. les *Observations de* M. Ménage *sur la langue françoise.*

11 — Arrêt relatif à l'Opéra.

J. 14 — Lulli obtient l'ordonnance royale qui défend à la comédie plus de 6 chanteurs et de 12 violons.

D. 17 — Pâques. — Molière communie à Saint-Germain-l'Auxerrois (l'abbé Bernard).

J. 21 — Mort à Vence, d'Antoine Godeau, de l'Académie française.

S. 23 — D'Aligre nommé garde des sceaux.

D. 24 — Quasimodo. Fiançailles de La Grange et de Baraillon. Contrats.

D. 25 — Mariages, à Saint-Germain-l'Auxerrois, de La Grange avec Marie Ragueneau de l'Estang; et de Jean Baraillon, tailleur ordinaire des ballets du Roy, avec Jeanne-Françoise Brouart, sœur utérine de Mlle De Brie. — Le Roy part de Saint-Germain.

La femme de La Grange entre dans la Société à 1/2 part, à la charge de payer le gagiste Chasteauneuf 3 liv. chaque jour de représentation, jusqu'au 11 août.

M. 26 — Départ du Roy de Saint-Germain ; Nanteuil et Soissons.

M. 27 avril. Rappel de ban pour Jean Ribou : sa peine est commuée, grâce à l'intervention de Molière.

V. 29 — Réoúverture par la 12° des *Femmes savantes* (ou *Trissotin*) 495 l. 10 s.

S. 30 — Le Roy quitte Laon.

D. 1er mai. Le Luxembourg passe dans les mains d'Elisabeth d'Orléans, duchesse de Guise et d'Alençon.

M. 4 — Le Roy à Philippeville.

J. 5 — Le Roy arrive à Charleroi. — L'Académie de peinture fait faire à l'Oratoire un service pour le chancelier Séguier.

M. 17 — Ordre pour faire venir de Reims Jean Villiers, comédien de province, dans la troupe de Mlle Raisin : de Villiers entre comme gagiste à 800 livres par an. — Décès de Léonard de Loménie.

M. 24 — Passage de la Meuse. — Le *Bourgeois gentilhomme* (823 liv. 15 s.).

V. 3 juin. Prise d'Orsoy. — *L'Avare* (330 livres).

S. 4 — Prise de Burick par Turenne.

D. 5 — Pentecôte. Relâche. Prise de Wesel par Turenne.

L. 6 — Prise de Rhinberg ; le Roy au camp.

M. 7 — *Pourceaugnac* (371 liv. 5 s.).

M. 8 — Prises d'Emmerich, de Rées et de Santen.

S. 11 juin. Sophie Chéron, présentée par Le Brun, est reçue membre de l'Académie de peinture, à 24 ans.

D. 12 — Passage du Rhin. — Le Roy et Condé. — Le duc de Longueville tué à Tolhuis. — *Pourceaugnac* (239 livres).

L. 13 — Service solennel pour le feu chancelier à l'église des Carmes Billettes : son éloge funèbre par l'abbé de la Chambre. — L'Académie au Louvre.

M. 14 — La Reine accouche du duc d'Anjou (Louis-François).

S. 18 — Arrêt du Conseil pour héritiers de Madel. Béjart contre A. Baralier; F. de Mansane, trésorier général de Montpellier, se porte partie intervenante.

D. 19 — Prise de Schenck par Turenne.

L. 20 — Mme de Montespan accouche du comte de Vexin.

M. 21 — Prise de Doesbourg. — *Amphitryon* (379 livres).

D. 26 — Payé 7 liv. 10 s. au peintre Prat. — Baron à part entière.

L. 27 — Inventaire après le décès de Léonard de Loménie.

M. 28 — Le *Cocu* et le *Médecin forcé* font 128 liv. 5 s.

J. 30 — Prise d'Utrecht. Entrée du Roy.

Molière à Auteuil.

Le *Collier de Perles*, de Girardin, avec ballets, par la troupe italienne.

M. 5 juillet. Le Roy entre à Utrecht.

M. 6 — Arrêt condamnant Baralier à payer à Molière et sa femme 3,200 livres avec intérêts et dépens.

J. 7 — Répétition d'*Escarbagnas*.

V. 8 — Première, au Palais-Royal, de la *Comtesse d'Escarbagnas* et reprise du *Mariage forcé* avec ses ornements, musique de Charpentier, ballets de Beauchamps, habits de Baraillon; de Villiers dans la musique des intermèdes ; la petite Turpin (716 livres) 14 rep. cons.

S. 9 — Reddition de Nimègue.

J. 14 — Prise de Grave.

V. 15 — M^mo de Sautereau assiste au spectacle.

M. 19 — Molière donne caution juratoire (affaire Baralier).

20 — Arrêt du Parlement en faveur de Lulli.

— — Prise de Naerden.

D. 24 — M. le duc de Brissac au spectacle.

M. 26 — Bail fait par René Bandellet à Molière d'un appartement rue Richelieu pour la Saint-Remi.

M. 27 — Mme de Sévigné à Lyon.

Incident de l'affaire Melchior Dufort, de Sigean.

1er août. Le Roy revient de Hollande.

M. 9 — Relâche pour indisposition. — Le gagiste Villiers sort de la troupe au bout de 3 mois.

M. 10 — Mort, aux Gobelins, de François Francart, peintre du Roy, âgé de 50 ans.

J. 11 — Visite à Saint-Cloud chez Monsieur : *Femmes savantes.* — Convoi de Francart à Saint-Hippolyte.

V. 12 — Relâche, par indisposition de Molière. — Lulli loue le Jeu de Paume de Bel-Air pour 8 mois.

— — Nouvelle ordonnance du Roy en faveur de Lulli.

S. 13 — « Molière est de nos amis », dit le P. Rapin dans une lettre à Bussy-Rabutin.

D. 14 — Réouverture par le *Bourgeois gentilhomme* (381 liv.). — Le Roy rentre à Paris.

L. 15 — Assomption.

M. 16 — *Le Bourgeois* (401 livres). M. d'Herval dans une loge.

M. 23 — Traité entre Lulli et Vigarani pour la construction et les décors de l'Opéra.

— — *L'Avare* fait 181 livres.

M. 24 — Molière et sa femme donnent quittance

de 7,000 livres payées par le syndic du diocèse de Viviers (affaire Baralier).

V. 26 août. Relâche. Mlle Beauval accouche d'une fille, rue Saint-Honoré.

D. 28 — *Ecole des Maris* et *Cocu* (467 liv. 15 s.).

V. 2 septembre. P. Perrin sort de la Conciergerie. — *Fâcheux* (361 liv. 10 s.).

D. 4 — Baptême, à Sainte-Eustache, de Marguerite-Jeanne-Henriette Beauval, tenue par le duc de Cossé et la marquise de Villeroy.

V. 9 — *Pourceaugnac* (Mlle Turpin).

M. 14 — Le Roy à Versailles.

J. 15 — Naissance de Pierre-J.-B.-Armand, 3e enfant de Molière.

— — Contrat de mariage entre J.-B. Aubry des Carrières et Geneviève Béjart, veuve Loménie de la Villaubrun. Présents : Léonard Aubry, Molière, Louis Béjart.

V. 16 — *L'Étourdi* (166 livres).

S. 17 — A Versailles : *les Femmes savantes*.

D. 18 — Mme de Sévigné à Grignan.

L. 19 — Mariage Aubry-Béjart.

M. 20 — Les Comédiens italiens à Versailles. — Privilège accordé à Lulli pour l'impression de sa musique.

M. 21 — Les comédiens de l'Hôtel à Versailles.

V. 23 — Déclaration relative aux 5.000 livres

de Conti à Pézenas en 1656 (affaire Dufort, de Sigean).

V. 23 septembre. A Versailles : l'*Avare*. — Démé-
nagement de la rue Saint-Thomas-du-
Louvre à la rue Richelieu.

S. 1er octobre. Baptême, à Saint-Eustache, du
petit Molière, tenu par Pierre Boileau de
Puymorin et Catherine Mignard. Molière
signe : J.-B. Poquelin Molière.

L. 3 — Mlle de Brie marraine à Conflans-Sainte-
Honorine.

M. 5 — Molière prête 1,100 l. à Boudet.

D. 9 — *Escarbagnas* et *Médecins* (687 livres).
Désordres. Bris de chaises. Tuyau de pipe.

L. 10 — Mort du petit Molière.

M. 11 — Relâche pour indisposition.

M. 12 — Convoi à Saint-Eustache.

V. 14 — *L'Avare* (421 liv. 5 sols).

18 — *Femmes savantes* (615 liv. 15 s.). — Molière
prête 200 l. à Pierre Battas, demeurant à
Auteuil.

21 — Arrêt du Parlement pour Sourdéac et
Champeron. — Le Roy à Saint-Germain.

M. 25 — Le *Misantrope* par Baron (554 liv. 5 s.).
Le chevalier de Vendôme; 3 places.

S. 29 — Plainte en escroquerie et information
contre Coiffier. Molière signe : J.-B.
Poquelin Molière.

M. 1er novembre. Relâche pour la Toussaint.

V. 4 — *Escarbagnas* et *Procureur dupé*.

Mort du duc d'Anjou (Louis-François), âgé de 5 mois.

S. 5 — Le Roy à Saint-Germain.

D. 6 — *Escarbagnas* et *Procureur dupé*.

V. 11 — Reprise de *Psyché* (32 rep. conséc.) 1,442 liv. 10 s. (Mlle Turpin).

Première de *Théodat*, de T. Corneille, à l'H. de Bourgogne.

M. 15 — L'Opéra au Jeu-de-Paume de Bel-Air, rue de Vaugirard : *Fêtes de Bacchus et de l'Amour*, avec fragments du *Ballet des Nations*.

Arlechino creato Re per ventura, par la troupe italienne.

— — Première de *Pulchérie*, c. hér. de P. Corneille, au Th. du Marais (Dauvilliers, Verneuil, Desurlis; Mlles Dupin, Desurlis, Marotte).

M. 16 — Le Roy de Pologne, Casimir V, meurt à Nevers. — Molière prête 700 l. à Jean Ribou et Anne David, sa femme.

M. 22 — *Psyché* (962 liv. 10 s.). M. le duc de Brissac.

On commence la préparation du *Malade imaginaire*.

24 novembre. *Le Deuil*, c. 1 a. v. de Hauteroche, à l'H. de B. — Le Roy à Saint-Germain.

D. 27 — *Psyché* (1,042 liv. 10 s.), duc de Brissac.

L. 5 décembre. Gallois, Fléchier et Racine élus à l'Académie.

M. 6 — *Psyché* (902 liv. 10 s.), duc de Brissac.

V. 9 — *Id.*, M. de Niert.

S. 10 — Achevé d'imprimer les *Femmes savantes* aux dépens de l'auteur, in-12, se vend au Palais et chez P. Promé.

D. 11 — Ordonnance de police relative aux désordres arrivés à la Comédie. — M. de Niert à *Psyché*.

L. 12 — M^llo La Grange accouche de deux jumelles à 8 heures du matin. Baptisées à 11 h., Claire-Elisabeth, tenue par Verneuil, son oncle, et M^llo Molière; Marie-Catherine, par Molière et M^llo de Brie, à Saint-Eustache. Marie-Catherine meurt le même soir.

M. 13 — Convoi de Marie-Catherine et mort de Claire-Elisabeth. Monsieur occupe deux bancs de l'amphithéâtre à *Psyché*.

M. 14 — Convoi de Claire-Elisabeth à Saint-Joseph, paroisse de la nourrice (rue Montmartre, *à la ville de Neufchâtel*).

J. 15 — Le Roy à Versailles.

V. 16 décembre. *Psyché* (777 liv.), duc de Brissac. Grand froid.

S. 17 — Molière à Versailles en carrosse.

D. 18 — *Psyché*. Duc de Brissac (790 liv.).

M. 20. — *Psyché* (771 liv. 10 s.). Duc de Brissac, M. de Niert.

M. 21 — Le Roy part de Saint-Germain.

V. 23 — *Psyché*. M. de Brissac.

D. 25 — Noël. Relâche.

M. 27 — *Psyché* (1,289 liv. 10 s.). Monsieur et Madame occupent deux bancs de l'amphi-théâtre.

V. 30 — Privilège de *Pulchérie*.

S. 31 — Mort de Jacques Rohault, à 52 ans, rue Quincampoix; inhumé à Sainte-Gene-viève.

—

L'Observatoire est achevé par Cl. Perrault.

La porte Saint-Denis, élevée sur les dessins de François Blondel par P. Bullet, en mémoire des guerres de Hollande et des victoires du Roy.

La Dupin, la Guiot et Guérin au Marais; la Thuillerie à l'H. de B.

Mort de Floridor (v. 14 août 1671).

Mort de La Mothe Le Vayer, inhumé à Saint-Eustache, à 84 ans.

La troupe du Dauphin à Dijon (Raisin).

La *Gazette d'Amsterdam* devient bi-hebdomadaire.

Le *Mercure Galand* (v. III, 369 et 372).

12e édition du *Dictionnaire théologique, historique et poétique*, de Juigné-Broissinière, sr de Mollières, in-4°.

Mamamouchi, or the Citizen turn'd gentleman, by Edw. Ravenscroft.

The Miser (*l'Avare*) traduit par Shadwell. London, in-4°.

Mémoires de la vie de Henriette-Sylvie de Molière, en 6 parties (1672-74), in-12, Cl. Barbin.

L'Allemagne protestante, de S. Chappuzeau, in-4°. Genève.

Recueil de Saint-Glas : *Divers Traitez d'histoire, de morale et d'éloquence*.

Journal du Palais, commencé par G. Guéret et Cl. Blondeau.

Poésies mêlées, de Pinchesne, avec frontispice de Mignard, in-4°, Cramoisy.

Nouvelles Œuvres de Le Pays, 2 vol. in-12, Barbin.

Béralde, prince de Savoie, nouvelle, in-12, Leyde, 2 vol.

ᴈᴇ

ANNÉE 1673. (51 ANS.)

—

Deuil de la Cour.

D. 1er janvier. *Psyché* (904 livres), duc de Brissac.

M. 3 — *Psyché* (1167 liv. 10 s.), duc de Brissac.

V. 6 — *Psyché* (1,387 livres), duc de Brissac.
Baron prend des leçons de musique ; de Vizé,
son maître à chanter.

D. 8 — *Dépit* et *Cocu* à l'ambassade de France à
Constantinople, chez M. de Nointel.

— — *Psyché* (1,123 liv. 5 s.), duc de Brissac.

L. 9 — Déclaration du Roy en faveur de la
troupe royale et ordonnance du lieutenant
de police, M. de la Reynie, portant défenses d'entrer sans payer à la Comédie ;
lue et publiée par Canto le M. 10.
Cléodate, de Th. Corneille, devant la Cour,
par l'H. de Bourgogne.

M. 10 — *Psyché* (909 liv. 5 s.), duc de Brissac.
— Mlle Aubry commence à retirer sa part
entière.

J. 12 — A l'Académie, harangue de Fléchier,
remercîment de Gallois, compliment de
Racine.

J. 12 janvier. *Dépit* et *Cocu* pour la seconde fois à Constantinople.

V. 13 — Désordres à *Psyché* (1,021 liv. 10 s.), duc de Brissac. — Dîné aux Bons-Enfants (44 liv.) (probablement pour les Rois).

S. 14 — Anecdote des mousquetaires (Grima-rest, p. 137).

D. 15 — *Psyché* (1,089 livres), tambour des mousquetaires. — *Femme juge et partie* et *Cocu* à Constantinople.

L. 16 — A l'Académie, compliment de Charpen-tier à Colbert.

M. 17 — *Pulchérie*, de Corneille, au Marais de-vant LL. MM.

— — *Psyché* (820 liv. 15 s.), duc de Brissac; le portier des Barres; le tambour des mous-quetaires.

Répétitions du *Malade,* achat de mortiers.

Voyages de La Grange, Beauval, etc.

V. 20 — Première de *Mithridate,* tr. de Racine, à l'H. de B. — Achevé d'impr. *Pulchérie,* in-12, de Luyne.

— — *Psyché* (699 liv. 10 s.), tambour des mous-quetaires.

D. 22 — Dernière de *Psyché* (858 liv. 15 s.) tambours des mousquetaires.

M. 24 — Première des *Maris infidèles,* ou l'*Ami*

de tout le monde, c. de Vizé (893 livres),
maréchal de la Ferté, duc de Brissac.

M. 25 février. Les comédiens de l'Hôtel au
Palais-Royal, chez Monsieur et Madame.

V. 27 — 2e des *Maris infidèles* (645 liv. 10 s.),
tambours des mousquetaires.

S. 28 — Voyage de Beauval.

D. 29 — *Cid, Ecole des Maris* et *Quatre Trivelins*
à Constantinople.

— — 3e des *Maris infidèles* (599 liv. 10 s.),
gardes et tambours des mousquetaires.

L. 30 — Voyage de Beauval. — Naissance de
Marc-Antoine Le Grand.

M. 31 — 4e des *Maris infidèles* (179 liv. 10 s.),
gardes et tambours des mousquetaires.

J. 2 février. La Chandeleur. — Voyages de Beauval et autres.

V. 3 — *Trissotin* (298 livres), duc de Brissac,
gardes et tambours.

Livret-programme du *Malade imaginaire*,
in-4°, chez Chr. Ballard.

S. 4 — Début du Pierrot J.-J. Giaratoni, de la
troupe italienne. — Voyage de Toubel à
Saint-Germain.

D. 5 — *Trissotin* (388 livres), gardes et tambours. — Au Palais de France, à Constantinople : *Cid, Ecole des Maris.*

M. 7 février. Relâche pour répétition générale du *Malade imaginaire*.

J. 9 — Molière à Saint-Germain.

— — *Dépit* et *Cocu* à Constantinople.

V. 10 — Première représentation du MALADE IMAGINAIRE, 30ᵉ et dernière pièce de Molière (1,892 livres, parterre au double). Musique de Charpentier, ballets de Beauchamps, habits de Baraillon. Gardes et tambours (M. de Niert et duc de Brissac).

Suite du *Festin de Pierre*, musique de Cambert, par la troupe italienne.

S. 11 — Molière et Mˡˡᵉ Beauval tiennent, à Saint-Sauveur, une fille de J. Biet de Beauchamp et de Claudine Mallet.

D. gras 12 — 2º du *Malade imaginaire* (1,459 liv.).

— — A Constantinople : *Femme juge* et *Ecole des Maris*.

L. 13 — Dº dº *Ecole des Maris* et *Cocu*.

M. gras 14 — 3º du *Malade imaginaire* (1,879 l. 10 s.).

On avertit les danseurs. Baraillon achète un habit à M. Monier.

J. 16 — Séance de l'Académie : 16 présents, dont Boyer, Cotin, Furetière, Chapelain, Corneille, Le Clerc, Quinault, Desmarets, Mézeray, Fléchier.

V. 17 février. Bout de l'an de Madeleine Béjart.
— Molière très souffrant.

On avertit encore les danseurs de se tenir
prêts de bonne heure.

A 4 h., 4ᵉ représentation du *Malade imaginaire* (1,219 l.).

Baron, deux religieuses (hirondelles de Carême), André Boudet et J.-B. Aubry,
M. Couton.

Sur les 10 heures du soir, mort de Molière
dans sa maison rue de Richelieu.

S. 18 — Refus du curé de Saint-Eustache. —
Mˡˡᵉ Molière et Baron à Saint-Germain
avec le curé d'Auteuil.

D. 19 — Relâche. — Requête adressée par la
veuve à l'archevêque de Paris.

L. 20 — Séance de l'Académie; 13 présents, dont
Corneille et Cotin.

M. 21 — Relâche. A 9 heures du soir, convoi
de Molière et inhumation au cimetière de
Saint-Joseph, aide de la paroisse Saint-
Eustache (*à retrouver la lettre de faire part
et invitation*).

— — Enterrement, à Constantinople, du frère
de notre ambassadeur, Ch.-H. Olier de
Nointel.

J. 23 — Racine, Corneille et Cotin à la séance
de l'Académie.

V. 24 février. Réouverture du Palais-Royal par le *Misantrope* avec Baron (618 livres).

L. 13-20 mars. Inventaire après le décès de Molière. 2 messes.

M. 21 — Clôture annuelle et fermeture du Palais-Royal (part : 4,585 liv. 13·s.).

D. 2 avril. Pâques. — Baron, La Thorillière et le couple Beauval passent à l'H. de B.

3 mai. Contrat de société avec Rosimond et la fille de Du Croisy.

23 — Loué de Sourdéac la salle de la rue Mazarine.

23 juin. Ordonnance qui supprime le théâtre du Marais et en réunit les acteurs à la troupe de Molière.

29 — Siège de Maëstricht.

Mort de Desbarreaux (Jacques Vallée).

1ᵉʳ décembre. Mort de M. de Modène.

꘏

1673-74. Edition originale dés *Œuvres de Molière*.

Sur la Mort imaginaire et véritable de Molière, O. de Varenne, in-4°.

L'Ombre de Molière et son Epitaphe, in-4°. Loyson.

16.74. Mars. *L'Ombre de Molière*, c. de Brécourt, à l'H. de Bourgogne.

1677. 29 mai. La veuve de Molière se remarie à Guérin d'Estriché.

1680. Réunion de l'Hôtel de Bourgogne à la troupe de Molière.

1682. Edition en 8 vol. des *Œuvres*, donnée par La Grange et Vinot.

1684. 1er octobre. Mort de Pierre Corneille, à 78 ans.

1687. Mort de Lulli, à 55 ans.

1692. 27 février. Du Fresny emploie le premier le mot « *Moliériste* » dans le prologue de sa comédie *Le Négligent*.

— 1er mars. Mort de Ch. Varlet de La Grange.

1695. 13 avril. Mort de La Fontaine, rue Plâtrière, à l'Hôtel d'Hervart; inhumé au cimetière des Innocents.

— 3o mai. Mort de Pierre Mignard, rue de Richelieu, paroisse Saint-Roch.

1699. 21 avril. Mort de Racine, à 59 ans, rue des Marais-Saint-Germain.

1700. 3o novembre. Mort d'Armande Béjart, rue de Touraine.

1704. 12 avril. Mort de Bossuet.

1705. *La Vie de M. de Molière*, par J.-L. Le Gallois, s^r de Grimarest, in-12. J. Le Febvre.

1711. 13 mars. Mort de Boileau Despréaux.

1715. 1er septembre. Mort de Louis·XIV.

1723. 23 mai. Mort, à Argenteuil, de la fille de Molière, Mme de Montalant.

1734. Grande édition in-4° illustrée par Boucher.

1738. 4 juin. Mort, à Argenteuil, de M. de Montalant.

1769. Eloge de Molière mis au concours par l'Académie française. Chamfort remporte le prix; Gaillard, un 1er accessit, Bailly le 3e, La Harpe une mention honorable.

1773. Premier centenaire, célébré par la Comédie : 17 février, l'*Assemblée*, de Le Beau de Schosne ; 18 février, la *Centenaire*, d'Artaud.

— Portrait gravé par Beauvarlet.

— Edition Bret, illustrée par Moreau le jeune.

1777. *L'Esprit de Molière*, de Beffara.

1778. Le buste de Houdon à la Comédie et à l'Académie.— Le vers de Saurin :

Rien ne manque à sa gloire ; il manquait à la nôtre.

1782. La rue Molière, côté ouest de la nouvelle salle de la Comédie-Française.

1783-1787. La statue assise de Caffieri, plâtre et marbre.

1792. La section du quartier Montmartre prend le nom de Section armée de *Molière* et de la Fontaine.

— 6 juillet. Exhumation au cimetière de Saint-Joseph.

1799. 7 mai. Transfert des restes de Molière aux Petits-Augustins (musée des Monuments français).

— 4 novembre. Buste et plaque rue de la Tonnellerie, placés par Alex. Lenoir, Cailhava et Delaporte fils.

1817. 6 mars. Grand'messe à Saint-Germain-des-Prés et translation au cimetière du Père La Chaise, ouvert le 21 mai 1804.

— 2 mai. Transport des sarcophages.

1818. Souscription publique pour une statue.

1821. La découverte par Beffara de l'acte de baptême du 15 janvier 1622 permet désormais de célébrer l'anniversaire de naissance à la Comédie-Française, qui le 15 janvier donne *Tartuffe* et *le Malade*, avec une pièce de vers de Bouilly, dite par Mlle Demerson.

1822. 15 janvier. *Le Ménage de Molière,* c. 1 a. v., de Gensoul et Naudet, à la Comédie-Française.

1835. Annonce d'un Musée-Molière à la Comédie.

1838. 10 mai. La Comédie-Française donne une représentation pour le monument de Molière.

1843. Concours de poésie à l'Académie-Française : *Le Monument de Molière*.

1844. 15 janvier. Inauguration de la fontaine Molière, rue de Richelieu.

Discours de F. Arago, Étienne, Samson, etc. Statue de Seurre aîné. — Muses de Pradier. — Plaque sur la maison présumée mortuaire.

1863. Les *Recherches* d'Eudore Soulié renouvellent la biographie de Molière.

1873. 2e centenaire. Jubilé de Molière au Théâtre-Italien (salle Ventadour), du Jeudi 15 au Vendredi 23 mai.

1878-89. Le *Molière* de la « Collection des grands écrivains », par MM. Despois, Mesnard et Desfeuilles, paraît chez Hachette.

1879-1889. Publication du *Moliériste*, revue mensuelle exclusivement consacrée à Molière.

INDEX ALPHABÉTIQUE

M

ERRATUM

—

Page 57, ligne 18. — Baptème d'Isabelle. Réveillon ; lisez : « Isabelle Réveillon ».

Page 71, ligne 8. — *la* marquise ; lisez : « avec Marquise ».

———

EN PRÉPARATION

Dans la Nouvelle Collection moliéresque :

LA DESCENTE DE L'AME DE MOLIÈRE DANS LES CHAMPS - ÉLYSÉES, réimpression à très petit nombre de l'unique exemplaire connu. Lyon, A. Jullieron, 1674, in-8° de 22 p.

LE SECOND REGISTRE DE LA THORILLIÈRE (1664-65).

———

Imp. Jouaust, L. Cerf.

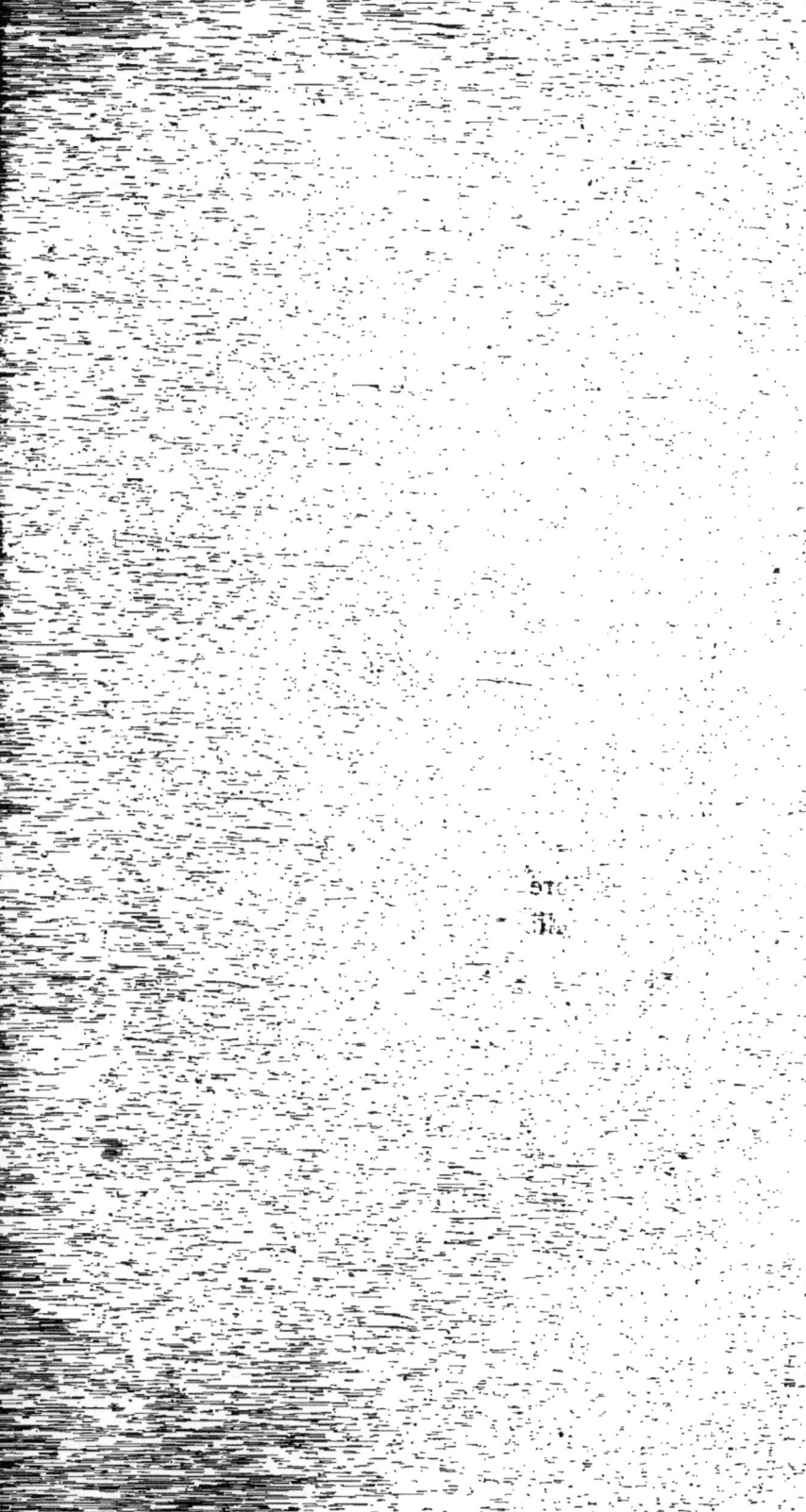

LES PIÈCES DE MOLIÈRE

PUBLIÉES SÉPARÉMENT

Avec Dessins de Louis Leloir, gravés par Champollion

NOTICES ET NOTES PAR AUG. VITU ET G. MONVAL

www.ingramcontent.com/pod-product-compliance
Lightning Source LLC
Chambersburg PA
CBHW052006020726
47501CB00004B/1028